密語者 目次

花兒與少年

瀚夫瑞是太心愛晚江了，只能容忍她，讓她把她的骨血一點點走私進來，安插下去，再進一步從他的家裡，一點點向外走私，情感也好，物質也好……

1

徐晚江心想，死也得超過這個，省得他老回頭對她擠眉弄眼。

這人至少一米九的個兒。二十五歲，或更年輕些。晚江斷定他不比九華年長多少。她緊咬上去，與他之間僅差五米。不久，四米，三米。她已超過了一個四十歲的紅髮男人和一對女同性戀。海水正藍，所有長跑者都被晚江殺下去。只耗剩了「一九〇」。她的兩條腿非常優秀。誰若有稍好的眼力，會馬上識破：這是兩條被從小毀了又被重塑的芭蕾舞腿。

「一九〇」又一次回頭。他向晚江眨動一下左眼，飛快一笑。他的五官猛一走樣。晚江知道，她自己的面容也是忽醜忽美。每個長跑者的面孔都是瞬間這樣，瞬間那樣，飄忽無定。

只差兩米了。晚江拿出當年上彈板助跑的速度。「一九〇」聽著她柔韌的足掌起、落，起、落。他認為不妨再給一個勾引的微笑。誰讓她找死？她這樣死追他，不就是獵物追獵手嗎？不如再進一步逗逗她。他讓她超了過去。

現在是獵人追兔子了。晚江想，這下你別想再往我胸脯上看，變相吃我豆腐。「一九〇」總算領教了晚江的實力。他動真格的了，撒開蹄子狂奔，打著響鼻，碗口粗的喘息吹在晚江後腦勺上。晚江絕不能讓他追上來，跟她並肩前進。那樣瀚夫瑞會誤會他年輕的妻子和「一九〇」的金髮青年勾搭上了。

前方是那個古砲臺。轉過彎後，就徹底安全了。瀚夫瑞即便用望遠鏡，也休想繼續盯梢。晚江只能用長跑甩掉瀚夫瑞。否則他可以全職看守她，他把它看成兩情相守。十年前，他把晚江娶過太平洋，娶進他那所大屋，他與她便從此形影不離。他在迎娶她之前辦妥退休手續，就為了一步不離地與她廝守。晚江年少他三十歲，有時她半夜讓檯燈的光亮弄醒，見老瀚夫瑞正多愁善感地端詳她。如同不時點數鈔票的守財奴，他得一再證實自己的幸運。

此後，瀚夫瑞果真說話算話：跟著晚江上成人學校，她學英文，他修西班牙文、修音樂史、美術欣賞、瑜伽，有什麼他修什麼，只要他能和晚江同進同出。他一生惡狠狠工作，惡狠狠投資存錢，同時將大把時間儲下，多少鐘點，多少分秒花銷在晚江身上，都花得起。何況他認為晚江疑點頗大，甚至有「前科」。「前科」發生在進成人學校第二週，晚江班上的老師臨時有急事，晚江就給同班的墨西哥小伙子約到咖啡室去了。等瀚夫瑞心如火焚地找著她時，那墨西哥小老鄉著迷地盯著晚江跟瀚夫瑞打招呼：「您的女兒真美麗。」往後瀚夫瑞更不敢大意。直到晚江的女兒仁仁開始上學那年，晚江對瀚夫瑞說：「明天早上我要開始長跑了。」瀚夫瑞說：「長跑好啊，是好習慣。」第一個早晨晚江就明白，瀚夫瑞根本不是對手。在三四百米光景，他還湊合跟得上她；到了五百米，他慘了，眼睛散了神，嘴唇垂危地張開。他深信自己會猝然死去，並在晚江眼裡看到同樣的恐懼。那以後，他就在四百米左右慢下來，眼巴巴看晚江矯健地撒腿遠去。

那以後，晚江就這樣沿著海灣跑，投奔她半小時的自由獨立。

廢棄的砲臺出現了。晚江開始減速，為全面停止做準備。對身體的把握和調控，晚江太是行家了。十歲開始舞蹈訓練的晚江，玩四肢玩身板玩大的。「一九〇」大踏步超過去，人漸漸沒了，腳步聲卻還在砲臺古老的回音裡。不一會兒，紅髮男人也趕上來。晚江想，他們你追我趕往死裡跑圖什麼？他們又不缺自由。

女同性戀兩口子也趕上來了。

晚江進一步放慢速度。他們這麼鬼攆似的跑，又沒人等在前頭。而晚江是有人等的。

很快，她看見九華的小卡車停在一棵大柏樹下。晚江和九華從不事先約定。九華若時間寬裕，便在這兒停一停，等等她。他上班在金門橋那一頭，晚江跑步的終點恰在他上班路線上。九華若等不及，走了，她也會獨自在這裡耽誤三十分鐘，從瀚夫瑞的關愛中偷個空，透口氣。

九華見她過來，搖下車窗。她一邊笑一邊喘氣。九華趕緊把一塊舊浴巾鋪到綻了口子的座位上。

「一九〇」此刻折了回來，水淋淋地銜著晚江飛了個眼風。但他馬上看到了九華。心頓時涼了下去。他心涼地看著九華為她拉開鏽斑斑的車門，她鑽了進去。在他看，這個漂亮的亞洲女人鑽進了一堆移動廢鐵。他把九華當成她的相好了。

九華摘下保溫瓶上的塑料蓋，把滾燙的豆漿倒進去，遞給晚江。九華住在新唐人街，那兒不少糕餅店賣鮮豆漿。晚江問他昨晚是不是又看電視連續劇了。他笑著說：「沒看。」晚江說：「哼，沒少看。」

九華說：「就看了四集。」

「就看了四集？實在有工夫，讀點書啊。你一輩子開卡車送飯盒？」

九華不接話了。他每次都這樣，讓她的話落定在那裡。九華是沒有辦法的，他不是讀書的命。

晚江也明白，她說這些是白說。每回話說到此處，兩人便有點僵。一會兒，她開始打圓場，問他早晨忘沒忘吃維生素，又問他跟他爸通了電話沒有。九華就是點頭。一點頭，頭上又厚又長的頭髮甩動起來，便提醒了晚江，這是個缺乏照顧的孩子；二十歲是沒錯的，但一看就是從家裡出逃，長荒野了的男孩。

晚江從褲腰裡摸出幾張減價券。洗衣粉一盒減兩塊錢，比薩餅減一塊，火腿減三塊。九華接過去，在手裡折來折去地玩。晚江慢慢喝著燙嘴的豆漿，不時從遠處收回目光，看他一眼。九華比六年前壯實多了，那種苦力型的身板。他很像他爸，卻還不如他爸俊氣。她一再納悶，仁仁跟九華怎麼可能是兄妹。

六年前，瀚夫瑞和晚江把九華從機場接回來，路易正張羅著挪傢俱，為九華搭床鋪。他以那永遠熱情有餘、誠懇不足的笑容向九華伸出手：「Welcome. How are you?」

九華信中說他一直在念英文補習班，此刻嘴裡卻沒一個英文字兒。

瀚夫瑞見兩個將要做兄弟的陌生人開頭就冷了場，便慈父般的低聲對九華說：「別人說『How are you?』時候，你該說：『Fine. How are you?』或者『Very well. Thank you.』記住了？」

九華用力點頭，連伸出去給路易握的手都憋成了深紅色。他在自己臥室悶坐一會兒，不聲不響到廚房裡。晚江在忙晚飯，他替她剝蒜皮，削生薑，洗她不時扔在水池裡的鍋碗瓢盆。晚江不時小聲催促：「往那邊站點兒快，我等這鍋用呢。」他便悶頭悶腦地東躲西讓，手腳快當起來，卻處處碰出聲響。晚江冷不丁說一句：「把 Soysauce 遞給我。」他不懂，卻也不問，就那樣站著。晚江憐惜地擼他一把腦袋，擠開他，悄聲笑道：「哎呀悶葫蘆。記著：醬油叫 Soysauce。」她把醬油瓶從吊櫃裡搆下來。他眼睛飛快，偷瞟一眼醬油瓶，用力點點頭。

「發一次音我聽聽。Soysauce——」

他抿嘴一笑。晚江歪著頭看著這半大小子，微笑起來：「不難嘛。你不肯開口，學多少年英文還是啞巴。」她目光向客廳一甩，嗓音壓得極低，「人家路易，講三國語言。」但她馬上意識到這樣對比不公正，擠對九華。她把手掌搭在他脖梗上，動作語氣都是委婉慈愛：「咱們將來也上好大學，咱們可不能讓人家給比下去。咱們玩命也得把英文學好嘍。」

九華點了幾下頭，緩慢而沉痛，要決一死戰了。他十四歲的體格在國內蠻標準，一到這裡，顯得又瘦又小，兩個尖尖的肩頭聳起，腳上的黑棉襪是瀚夫瑞打算捐給「救世軍」的。襪頭比九華腳要長出一截，看去少去了一截足趾。晚江又說：「鹽叫 Salt。Salt。」

他以兩個殘畸的腳立在豪華的大理石地面上，無地自容地對母親一笑。

「你看媽三十八歲了，還在每天背新單詞。」晚江指指冰箱上的小黑板，上面記著幾個詞彙。「你學了幾年，一個詞也不肯說，那哪兒行啊。」

他點著頭，忽見晚江又把一個鍋扔進水池，得救一般撲上去洗。

晚江看著兒子的背影。他在這一剎那顯得愚笨而頑固。

那天的晚餐成了席：六個冷盤，六個熱菜，路易擺了花卉、蠟燭。連一年不露幾面的蘇，也從地下室出來了。穿著晚江送她的裙子，好好梳了頭。仁仁這年八歲，說起外交辭令來嘴巧得要命。她最後一個入席，伸手同每個人去握，最後接見她的親哥哥：「歡迎你來美國。」瀚夫瑞看著仁仁，洋洋得意。仁仁又說：「歡迎你來家裡。」她的氣度很大，家也好美國也好，都是她的。

路易此時站起身，舉起葡萄酒，說：「歡迎你——」他自己也知道他的中文可怕，改口說英文：「舊金山歡迎你。」

九華愣怔著，聽晚江小聲催促，他慌忙站起，高腳杯盛著白開水，給懸危地舉著，像他一樣受罪。

「我們全家都歡迎你。」路易進一步熱情，進一步缺乏誠懇。他把杯子在九華杯沿上磕一下。

「旅途怎麼樣？」他坐下去。

九華趕快也坐下去。

「還好吧？」

「嗯。」

晚江只盼路易就此饒了九華。卻在這當口，瀚夫瑞開了口：「九華，別人說『歡迎』的時候，你必須說『謝謝』。」

九華點點頭。

「來一遍。」瀚夫瑞說，手指抬起，拿根指揮棒似的。

九華垂著眼皮，臉、耳朵、手全是紅的；由紅變成暗紅。整個餐桌上的人什麼也不做，一聲也不出，全等九華好歹給瀚夫瑞一個面子，說個把字眼，大家的心跳、呼吸得以恢復。

「Sank you.」九華說。

「不是『Sank you』，是『Thank you』。」瀚夫瑞把舌頭咬在上下兩排假牙之間，亮給九華看：「Th—ank—You.」

「Dank you.」九華說。

「唔——」瀚夫瑞搖著頭，「還是不對。也不是『Dank you』，是『Thank you』。要緊的是舌頭『Th—anks』，『Th』明白了吧？再試試。」

九華暗紅地坐在那裡，任殺任剮，死不吭聲了。

仁仁這時說：「快餓死啦。」

她這一喊，一場對九華的大刑，總算暫時停住。路易開始談天氣。他說每年回來過寒暑假真是開洋葷，西部的氣候真他媽棒，而他上學的明尼蘇達，簡直是西伯利亞流放地。

這時蘇把一盤芹菜拌干絲傳到晚江手裡。晚江夾了一點，遞給九華。九華迅速搖搖頭，人往後一縮。晚江小聲說：「接著呀。」他還搖頭，人縮得更緊。她只得越過他，把盤子傳給仁仁。

仁仁接過盤子，說：「我不要。」她將盤子傳給瀚夫瑞。

「不要，應該說：『不要了，謝謝。』」瀚夫瑞往自己盤子裡夾了一些菜。

瀚夫瑞和顏悅色，對仁仁偏著面孔。他跟童年的仁仁說話就這樣，帶點逗耍，十分溫存。他說：「怎樣啦仁仁，『不要了』，後面呢？」

人們覺得他對仁仁好是沒說的，但他的表情姿態——就如此刻，總有點不對勁。或許只有蘇想到，瀚夫瑞此刻的溫存是對寵物的溫存，對於一隻狗或兩隻鳥的溫存和耐心。

「噢，不要了，謝謝。」仁仁說。瀚夫瑞這樣糾正她，她完全無所謂，毫不覺得瀚夫瑞當眾給她難堪。她說：「勞駕把那個盤子遞過來給我。」她似乎把這套斯文八股做得更繁文縟節：「Many Thanks indeed.」莎士比亞人物似的，戲腔戲調。你不知她是正經的，還是在耍嘴皮。

瀚夫瑞說：「九華，菜可以不要，但要接過盤子，往下傳，而且一定要說：『不了，謝謝。』」

九華堵了一嘴食物，難以下咽，眼睛只瞪著一尺遠的桌面，同時點點頭。

「你來一遍：『No. Thanks.』」瀚夫瑞說。此刻恰有一盤鮮薑絲炒魷魚絲，傳到了跟前，九華趕緊伸手去接，屁股也略從椅子上掀起。他太急切想把動作做出點模樣，胳膊碰翻了盛白水的高腳杯。

晚江馬上救災，把自己的餐巾鋪到水漬上。她小聲說：「沒事沒事。」

這一來，上下文斷了。九華把接下去的臺詞和動作忘得乾乾淨淨。

瀚夫瑞說：「說呀，『No, thank you.』」他兩條眉毛各有幾根極長的，此刻立了起來，微微打顫。

九華一聲不吱，趕緊把盤子塞給晚江。

瀚夫瑞看著九華，嫌惡出來了。他從來沒見過這麼無望的人：既笨又自尊。整個餐桌只有蘇在自斟自飲，悶吃悶喝。她很少參加這個家庭的晚餐，但剩在冰箱裡的菜從來剩不住，夜裡就給她端到地下室下酒去了。人們大致知道她是個文文靜靜的酒徒，只是酗酒風度良好，酒後也不招誰不惹誰。她本來就是個省事的人，酗酒只讓她更加省事。幾杯酒下去，她自己的空間便在這一桌人中建築起來，無形卻堅固的隔離把她囿於其內，瀚夫瑞和九華的衝突，以及全桌人的不安都毫不打攪她。她在自己的空間裡吃得很好，也喝得很好。眼圈和鼻頭通紅通紅，卻有個自得其樂的淺笑，始終掛在臉上。

「怎麼了，九華？」瀚夫瑞心想，跟一隻狗口乾舌燥說那麼多話，牠也不會這樣無動於衷。

晚江注意到九華一點兒菜都沒吃。傳到他手裡的盤子，他接過便往下傳，像是義務勞動，在建築工地上傳磚頭。她趕緊舀一勺板栗燒小母雞：「小時候你最愛吃這個。」

九華皺起眉，迅速搖搖頭。

瀚夫瑞看一眼晚江。他的意思似乎是：你有把握他是你兒子？不會是從機場誤接一個人回來吧？難道這個來路不清的半大小子從此就混進我家裡，從此跟我作對？你看他的樣子——眉毛垮著，連額前的頭髮都跟著垮下來；他怎麼會有這樣一頭不馴順的頭髮？這樣厚，夠三個腦袋去分攤。

其間是路易挨個跟每個人開扯：說晚江燒的菜可以編一本著名菜譜。又跟仁仁逗兩句嘴，關於她小臂上的偽仿刺青。他說偽仿紋身真好；假如你三天後變了心，去暗戀另一個男同學，再仿一個罷了，不必給皮肉另一番苦頭吃。路易就這點好，總是為人們打圓場，討了無趣也不在乎。

「蘇，巴比好嗎？」路易問蘇。

巴比是蘇的鸚鵡。蘇說巴比兩年前就死了，不過多謝關心。巴比的繼任叫卡美哈米亞（Kamehamea，夏威夷歷史上一位著名的國王）。路易說他為巴比的死致哀。蘇說她替在天有靈的巴比謝謝路易，兩年了還有個記著牠的人。路易又問：「卡美哈米亞怎麼樣？精彩嗎？」蘇說：「卡美哈米亞比較固執，疑心很重，要等牠對我的疑心徹底消除了，才能正式對牠進行教育。」同父異母的姐弟看上去很談得來。

那頓晚飯是靠路易見風使舵的閒聊完成的。當晚九華早早撤進他的臥室。晚江悄悄對路易說：「謝謝了。」她給了他一個有苦難言的眼風。路易把它完全接住，也來一個死黨式的微笑，悄聲說：「免啦——我份內的事。」

她看著他年輕的笑容。他又說：「這個家全靠我瞎搭訕過活。」

晚江在路易瞬間的真誠面前不知所措了。她大驚失色地轉身就走。路易看著她上樓，逃命一般。他想她驚嚇什麼呢？他和她之間隔著一萬種不可能，太安全了。

此刻的晚江坐在九華旁邊，喝著涼下去的豆漿。九華不斷給她添些熱的進來。

「你見你爸了吧？」她問。

「嗯。」

「他菸抽得還是很厲害？」

「嗯。」

「叫他少抽一點。」

九華點點頭。

「說我說的：美國每年有四十萬人員是抽菸抽死的。」晚江說著把保溫瓶蓋子蓋回去，表示她喝飽了。

「他不聽我的。」九華笑一下。

「讓你告訴他，是我說的。」晚江說。她不知道自己神色是嬌嗔的，是年輕母親和成了年的兒子使性子的神色。

「行。」九華說著，又一笑。

「讓他少給我打電話。打電話管什麼用啊?我又不在那兒分分鐘享福。」

「媽,不早了。」

「沒事看看書,聽見沒有?不然以後就跟你爸似的。」她推開車門,蜷了身鑽出去。然後她站在那兒,看九華的卡車開下坡去。她一直站到卡車開沒了,才覺出海風很冷。回程她跑得疲疲沓沓,動力全沒了。六年前那個「歡迎」晚餐之後,九華開始了隱居。他每天早晨很早出門,搭公車到學校去。晚飯他單吃。晚江其實給他午餐盒裡裝的飯菜足夠他吃兩頓。晚飯時間一過,他會準時出現在廚房裡,沖洗所有碗碟,把它們放進洗碗機。如果瀚夫瑞或路易在此地碰見他,他便拚命佝著身,埋頭擺弄洗碗機裡的餐具。偶然地,瀚夫瑞會問他為什麼不同大家一塊兒吃晚飯。晚江便打馬虎眼,說他功課壓力大,在學校隨便吃過了。晚江一邊替九華開脫,一邊盼著九華能早日在這個家庭裡取得像蘇那樣的特殊待遇:沒任何人惦記、懷念、盤問。

半年後,人們開始無視九華。他成了這房子裡很好使喚的一個隱形小工。他做所有粗活,馬桶壞了,下水道不通,不必專門僱人修理,沒人再過問他在學校如何度日。連晚江都不知道,九華早早到學校,其實就在課堂裡又聾又啞又瞎地坐上六七個小時。那所中學是全市公立中學中最負責任的，因此一位老師找上門來。女教師說九華是個不錯的孩子：不吸毒、不打架、不跟女同學開髒玩笑。九華只有一點不好：上課不發言；邀請他或逼迫他，統統徒勞；他寧可當眾給晾在那兒，站一堂課，也絕不開口。

瀚夫瑞看看坐在沙發邊上的九華，問他：「老師說的是實情嗎？」

他不吱聲，垂著臉。他其實不知道老師在說什麼。

瀚夫瑞說：「你早出晚歸，勤勤懇懇，就為了去教室裡坐坐、站站？」

女教師聽不懂瀚夫瑞的中文，笑瞇瞇地說九華如何的守規矩，不惹事；對其他學生，老師們都得賠小心，伺候著他們把一天六七小時的課上完。講到那些學生，女教師生動起來，也少了幾分得體。她說那些學生哪像九華這樣恭敬？你伺候他們長點學問，伺候得不順心，誰掏出把手搶來崩了老師都難說。

晚江接著說：「那可不是——科羅拉多州的兩個學生連同學帶老師，崩了一片。」

她馬上意識到自己在吸引火力，援救九華。

女教師說，所以碰到九華這樣敬畏老師的學生，就覺得天大福分了，儘管他一聲不吭。

晚江說他從小話就少。

瀚夫瑞用眼色叫晚江閉嘴。他問九華：「你在學校是裝聾作啞，還是真聾真啞？」

女教師說：「我一直希望能幫幫他。好幾次約他到我辦公室來，他總是一口答應。」她此刻轉向九華，「你從來沒守約，是吧？」

她笑瞇瞇的：「讓我空等你好幾次，是吧？」九華毫不耍賴，問一句，他點兩下頭。所有的話就這樣毫無觸動地從他穿進去，又穿出來。

女教師說：「看上去我很恐怖，讓你害怕似的。」她咯咯地笑了。

九華又是點頭。

晚江說：「你怕老師什麼呀？老師多和氣。」

瀚夫瑞又給晚江一眼。他的意思是晚江給他吃了一記大虧——竟暗藏下這麼個兒子，如此愚頑，如此一竅不通，瀚夫瑞還有什麼晚年可安度？

女教師說：「你不是食言，存心和我尋開心；你就是不懂我的話，是吧？」她等了好一會兒，九華沒反應。她一字一句，找著他的臉，確保她仔細捏塑好的每個字都不吐成一團團空氣：「你、不、是、跟、我、存、心、搗蛋，對吧？」

九華看著她，點點頭。

「不懂不要點頭。」瀚夫瑞劈頭來一句。

九華把臉轉向繼父，那兩片淺茶色眼鏡寒光閃閃。他管不了那麼多了，使勁朝兩片寒光點頭。

瀚夫瑞掉轉開臉去，吃力地合攏嘴。他兩個手握了拳，擱在沙發扶手上。每隔幾秒鐘，拳頭自己掙扎一下。他的克制力和紳士風度在約束拳頭，不然他吃不準它們會幹出什麼來。

女教師一直笑瞇瞇的，談到對九華就學的一些建議。她認為他該先去成人學校學兩年英文。她不斷停下，向九華徵求意見似的笑笑。九華沒別的反應，就是誠懇點頭。

「頭不要亂點。」瀚夫瑞說。

女教師不懂中文，瀚夫瑞這句吼聽上去很危險。她起身告辭，兩手撣平裙子上的皺褶。

瀚夫瑞和晚江押著九華，給女教師送行，一直送到巴士車站。三個人一聲不響地回到家，九華進了大門就鑽入客廳側面的洗手間。

晚江饒舌起來，說女教師的穿著夠樸素的；聽說教書不掙錢，有些學校的家長得輪流值日教課，等於打義工。十分鐘過去，她心裡明白，無論怎樣給瀚夫瑞打岔，九華也休想一躲了事。九華想用自己安份守己的勞動，悄悄從這個家換取一份清靜的寄宿日子。他想躲藏起來，暗度到成年。哪怕是勞苦的、貧賤的成年，哪怕是不值得期盼的、像他父親一樣孤單而慘淡的成年。

二十分鐘了，洗手間的門仍緊閉著。又是十分鐘，裡面傳出水流在大理石洗臉池中飛濺的聲響。那是開到了極限的水流。晚江走過去，敲敲門，小聲叫著：「九華、九華。」九華「嗯」了一聲，水龍頭仍在發山洪。晚江放大音量：「怎麼回事？給我開門。」

門打開的瞬間，晚江看見水池上方的大鏡子裡，九華屍首般的臉，輪廓一層灰白影子，眼神完全渙散了。他佝著身，右手放在粗猛的水柱裡沖著，她問他究竟怎麼了。他說誰也不必管他。這時晚江看見地上的血滴。她上去扳他，他右手卻死抓住水池邊緣，始終給她一個脊樑。

晚江瘋了一樣用力。掐著九華的臂膀。他終於轉過身。晚江眼前一黑：九華始終伸在水柱裡的食指被削下去一塊，連皮帶肉帶指甲，斜斜地削去了。削去的部份，早已被粗大湍急的水沖走，沉入了下水道。血剛湧出就被水沖走，因而場面倒並不怎麼血淋淋。晚江冰涼地站著，看著那創口的剖面，從皮到肉到骨，層層次次，一清二楚。

她第一個動作是一腳踹上門，手伸到背後，上了鎖。絕不放任何人進來。

然後她拉開帶鏡子的櫥門，取出一個急救包。在這個安全舒適的大宅子裡，每個洗手間、浴室都備有繃帶、碘酒、救心丸。晚江捏住那殘缺的食指，將一大瓶碘酒往上澆。然後是止血粉、消炎粉。等繃帶打完，晚江瞥見鏡中的自己跟九華一樣，灰白的五官，嘴冰冷地半啟開。

她叫九華躺下，把右手食指舉起來。她扯下兩塊浴巾，鋪在大理石地面上，再把九華抱在懷裡，一點一點把他在浴巾上擱平，擺舒服，像她剛從腹中娩出他似的。她幫著他把小臂豎起來。白繃帶已沒一處白淨。若干條血柱在九華手掌、手臂上奔流。

晚江盤腿坐在地上，一隻手扶住九華的傷手，另一隻手輕輕捂住他的眼睛。她不要他看見這流得沒完沒了的血。九華果真安靜下來，呼吸深而長了。

她看見窗玻璃碎了，紗窗被拆了下來。開這扇窗要許多竅門，九華一時摸不清，只能毀了它。他顯然用一塊毛巾矇住玻璃，再用馬桶刷子的柄去捅它。

這時瀚夫瑞叩著廁所的門。

「你們在幹什麼？」

母與子什麼都聽不見。

「出什麼事了？」

母親說：「沒事。你不用管。」

「到底出什麼事了？真見鬼。」瀚夫瑞的叩門聲重起來。是用他手的最堅硬部位敲的，聽上去都生疼：「哈囉。哈囉！」

晚江想，愛「哈囉」就「哈囉」去吧。隨你便；急瘋就急瘋，發心臟病就發心臟病。她看一注一注的血緩下了流速。九華的小臂，爬滿紅色的條紋，漸漸的，紅色鏽住了。她用浴巾的一角蘸著唾沫，拭去一條血跡，再拭去一條。她放不下九華，去開水龍頭。她也站不起來，開不動水龍頭。她就用唾沫沾濕浴巾，去抹淨那些血跡。她一寸也不願離開九華。為他的不聰慧，為他對自己不聰慧的認賬，她也不能不護著他。九華從六七歲就認了命；他命定是不成大器，受治於人的材料。他有的就是一身力氣，一腔誠懇，他的信念是世界也缺不了不學無術的人。他堅信不學無術的人佔多數，憑賣苦力，憑多幹少掙，總能好好活下去。

空氣還是血腥的，混在碘酒裡，刺鼻刺嗓子眼。劇痛嗅上去就是這個氣味；痛到命根的劇痛，原來聞上去就這樣，晚江慢慢地想。隨瀚夫瑞去軟硬兼施，去斯斯文文詛咒吧。晚江說：「求求你瀚夫瑞，別管我們。」

九華在十七歲的那個夏天輟了學，結束了豪華的寄居，用所有的儲蓄買了一輛二手卡車，開始獨立門戶。他偽造了身份，塗改了年齡。他在那個夏天長高了兩公分，不刮臉的日子，他看上去就像他自己巴望的那樣老氣橫秋。九華的離別響動很小，他怕誰又心血來潮弄個什麼告別晚宴。他深信路易麻木至此，幹得出這種把所有人難受死的事。因此九華深深得罪了瀚夫瑞，九華成了瀚夫瑞的一個慘敗。瀚夫瑞傷心地想：我哪一點對不住他呢？我把他當自己親兒子來教啊，還要我怎樣呢！

他就這樣痛問晚江：「還要我怎樣呢？」

晚江點點頭，伸手撫摸一下他的面頰，撇撇嘴，在道義上支持他一把。她心裡想：是啊，做個繼父，他做得夠到位了。

瀚夫瑞要進一步證實，正是九華在六親不認。他說：「我又不是頭一次做繼父，做不來；看看蘇，六歲跟著她母親嫁過來。你去問問她，我可委屈過她？蘇夠廢料了吧？我不是一直收養著她？再看看仁仁！」

晚江勸他想開些，九華出去單過自在，就讓他單過去。瀚夫瑞卻始終想不開，給出去的是父愛，打回來一看，原來人家沒認過他一分鐘的父親。

晚江就只好狠狠偏著心，說九華沒福分；他逃家是他自認不配有瀚夫瑞這樣的父親。瀚夫瑞原以為晚江嘴上那麼毒，立足點自然站在自己一邊。卻是不然，晚江在九華棄家出走之後，反而暗中同他熱線聯繫起來。一天至少通三回電話，若是瀚夫瑞接聽，兩人便誰也不認得誰：「哈囉，我媽在嗎？」「請稍等一下。」「謝謝。」「不客氣。」或者：「她現在很忙，有事需要轉告嗎？」「沒什麼事。我過一會兒再打吧。謝謝。」「不客氣。」「那我能和我妹妹講兩句話嗎？」「對不起，仁仁在練鋼琴。」「那就謝謝啦。」「不客氣。」

九華翻臉不認人，把事情做絕，瀚夫瑞認為他完全無理。有理沒理，在當了三十年律師的瀚夫瑞來看，至關重要。去給一個完全沒道理的人關愛，那就是晚江沒道理了。因此晚江回回得低聲下氣地請求，瀚夫瑞才肯開車送她去新唐人街。九華租了間小屋，只有門沒有窗，門還有一半埋在路面之下。瀚夫瑞等在車裡，根本不去看母子倆如何匆匆打量、匆匆交頭接耳。瀚夫瑞更不去看晚江的手如何遞出一飯盒菜餚，同時做著手腳把鈔票走私到九華手裡。真是自甘下賤啊，瀚夫瑞想著，放倒座椅，把音樂音量開足。

上海生長，香港、新加坡就學的瀚夫瑞做律師是傑出的。傑出律師對人之卑鄙都是深深了解的。尤其是移民，什麼做不出來呢？什麼都能給他們墊腳搭橋當跳板，一步跨過來，在別人的國土上立住足。他們裡應外合，寄生於一個男人或蛀蝕一個家庭，都不是故意的。是物競天擇給他們的天性。瀚夫瑞是太心愛晚江了，只能容忍她，讓她把她的骨血一點點走私進來，安插下去，再進一步從他的家裡，一點點向外走私，情感也好，物質也好。他這樣橫插在他們之間，是為他們好，提醒他們如此往來不夠光彩，使他們的走私有個限度。

十步開外，晚江都能感覺到瀚夫瑞的鄙薄。他總是毫無表情地讓你看到他內向的苦笑；他半躺在車座上的身影本身就是無奈的長嘆。

什麼都甭想蒙混過他；所有淘汰的家具、電器，都從瀚夫瑞的宅子裡消失，在九華的屋裡復出；九華這間貧民窟接納、處理瀚夫瑞領土排泄的所有渣滓：斷了彈簧的沙發，色彩錯亂的電視，豁了口的杯盞碗碟。晚江深知瀚夫瑞對九華的嫌惡，而每逢此時，他的嫌惡便包括了她。

每回告別九華後，瀚夫瑞會給晚江很長一段冷落。他要她一次次主動找話同他說，要她在自討沒趣後沉默下去，讓她在沉默中認識到她低賤地坐在BMW的真皮座椅上，低賤地望著窗外街景，低賤地哀怨、牢騷、仇恨。

晚江跑回時，太陽升上海面，陽光照在瀚夫瑞運動服的反光帶上。瀚夫瑞的身板是四十歲的，姿態最多五十歲。他穩穩收住太極拳，突然颳來一陣海風，他頭髮衰弱地飄動起來，這才敗露了他真實的年齡。卻也還不至於敗露殆盡，人們在此刻猜他最多六十歲。他朝沿海邊跑來的晚江笑一下，是個三十歲的笑容，一口牙整齊白淨，亂真的假牙。接下去他下蹲、擴胸，耳朵裡塞個小耳機，頭一時點點，一時搖搖，那是他聽到某某股票漲了，或跌了。一般瀚夫瑞會在七點一刻用手機給仁仁打電話，叫她起床，七點半再打一個，看她是否已起了床。等晚江跑步回來，他便第三次打電話給仁仁，說：「看看我的小蟲子是不是還拱在被子裡。」

等他們步行回到家，仁仁已穿戴齊整，坐在門廳裡繫鞋帶。瀚夫瑞問她早飯吃的什麼，她答非所問，說她吃過了。瀚夫瑞晃晃手裡的車鑰匙說：「可不可以請小姐快一些？」仁仁說：「等我醒過來就快了。」

晚江拎著女兒沉重無比的書包，又從衣架上摘下絨衣搭到女兒肩上。仁仁歸瀚夫瑞教養，晚江只在細節上做些添補。瀚夫瑞正把仁仁教養成他理想中的閨秀，對此仁仁從小就十分配合。她的英文也區別於一般孩子，「R」音給吃進去一半，有一點瀚夫瑞的英國腔，卻不像瀚夫瑞那樣拿捏。她和瀚夫瑞談了談天氣和昨晚的球賽。晚江不由地想，仁仁講話風度多好啊，美國少年的吊兒郎當，以及貧嘴和冒犯，都成了仁仁風度的一部份。

仁仁到這座宅子裡來做女兒時，剛滿四歲。機場的海關外面，站著捧紅玫瑰的瀚夫瑞。晚江手擱在仁仁後脖梗上，略施壓力：「仁仁，叫人啊。」仁仁兩眼瞪著手捧鮮花的老爹，目光是瞅一位牙醫的，嘴也像在牙科診所那樣緊抿。晚江說：「路上我怎麼告訴你的，仁仁？該叫他什麼來著？」

「瀚夫瑞，」老爹弓下身，向四歲的女孩伸出手，「叫我瀚夫瑞。來，試試——瀚——夫——瑞。」

仁仁眼睛一下子亮了。嘴巴動起來，開始摸索那三個音節。

「可以知道你的名字嗎？」老爹說。

「仁仁。」女孩說。

「很高興認識你，仁仁。」

「很高興，瀚——」女孩的脣舌一時摸不到那三個音節。

晚江插進來：「不能沒大沒小，啊？媽怎麼教你的？」

「來，再來一遍。」瀚夫瑞幾乎半蹲，「很高興認識你，仁仁。」

「很高興認識你，瀚夫瑞。」

那以後，仁仁把瀚夫瑞叫得很順嘴。瀚夫瑞認為那個頭開得好極了，老幼雙方都從開頭就擺脫了偽血緣的負擔。那是個開明而文明的開頭，最真實的長幼次序，使大家方便，大家省力。此刻瀚夫瑞和仁仁在談學校的年度捐教會。仁仁建議瀚夫瑞免去領結，那樣看上去就不會像三十年代電影人物了。瀚夫瑞問她希望他像什麼。仁仁回答說：該酷一些。瀚夫瑞討教的姿勢做得很逼真：怎麼才能酷？仁仁說丑角 Jim Carry 就很酷。瀚夫瑞呵呵地樂起來。

停下車，仁仁很快混跡到穿校服的女同學中，瀚夫瑞突然叫道：「仁仁。」

女孩站住，轉過臉。

瀚夫瑞說：「忘了什麼？」

女同學們也都站下來，一齊把臉轉向開 BMW 的老爹，很快又去看仁仁。瀚夫瑞把車窗玻璃降下來。仁仁眉心出現了淡淡的窘迫。之後便走回來，吻了一下瀚夫瑞的面頰。「下午見，瀚夫瑞。」她繞到車的另一面，給晚江來了個同樣不疼不癢的吻。「下午見，媽。」不知什麼緣故，女同學們就這樣站著，看，懋一點用心不良的笑。

2

這個家的上午是路易的。路易的佔地面積極大：吧臺上喝咖啡，餐桌上鋪滿他訂的晨報，起居室的五十二吋電視也被他打開。還有樓上他臥室裡做鬧鐘用的無線電。路易正喝咖啡，也正讀報，同時給屏幕上的球員做啦啦隊。他穿一件白毛巾浴袍，胸前有個酒店徽號，以金絲線刺繡上去的。路易很英俊是沒錯的，但他給你個大正面時，你多少有些失望：這是個有些粗相的男子，不出聲也咋咋呼呼，不動也張張羅羅，就是活生生一個酒店領班。

路易頭也不回地用手勢同他父親和他繼母道了早安，晚江走過去，歸攏一番桌上的報紙。路易連說抱歉，並朝晚江一笑。路易的笑太多，個個笑容都無始無終，讓你納悶它是怎樣起、怎樣收的，怎麼就那樣噴薄而出，你看到的就是它最耀眼的段落。

晚江端起剩在玻璃壺裡的一些漆黑的咖啡，問路易還要不要再添。他說不了，謝謝。晚江說那她就得倒掉它了。他說好的，謝謝。電視的聲與光和廚房裡的咖啡氣味弄出不錯的家庭氣氛。

瀚夫瑞喜歡在餐廳裡吃早飯。餐廳離路易製造的熱鬧稍遠。晚江一小時前喝了一肚子鮮豆漿，現在要陪瀚夫瑞喝果菜汁。十多種果菜加麥芽的灰綠漿汁很快灌滿她，青澀生腥在她的嗓子眼起著浮沫。她已習慣現代口味；一切使人噁心的東西都有益於健康。不一會兒，晚江打起碧綠的飽嗝，她用手掩著嘴，趕緊起身，去廚房取雜麥麵包。一大盤切好的水果。她兩手端著托盤，正思忖騰出哪隻手去開餐室的玻璃門，路易不知怎樣已擰住門把手，替她拉開門。路易常常這樣給她解圍，冷不防向她伸一隻援助之手。她的「謝謝」很輕聲，他的「不用謝」近於耳語。就在這時，他眼睛異樣了一下。晚江發現路易眼睛的瞬間異樣，早在幾年前了。早在路易大學畢業的那個夏天。他在畢業大典上和一大群穿學士袍的同學操步進入運動場時，突然一仰臉，看見了坐在第十排的晚江。那是晚江頭一回看見路易眼睛的異常神采。這麼多年，晚江始終吃不透那眼神的意味。但她感覺得到它們在瞬息間向她發射了什麼，那種發射讓晚江整個人從內到外從心到身猛的膨脹了一下。這樣的反應是她料所不及的，而她的反應立刻在路易那裡形成反應。他尚不知他問的是什麼，她卻已經給予了全面解答。晚江慌忙轉開臉。路易慌忙拉開玻璃門。

晚江發現路易跟進了餐室，同他父親聊起股票來。她替瀚夫瑞夾水果塊時，落了些汁在餐桌上，路易的手馬上過來了，以餐紙拭淨桌子。晚江從來沒去想，路易怎麼成了她動作的延續。她也從沒去分析，他的動作和她銜接得這樣好靠的是什麼。靠他一刻不停地觀察她，還是靠他的職業本能：酒店領班隨時會糾正誤差，彌補紕漏。晚江當然更不會意識到，氣氛的突然緊張是怎麼回事：路易與她的一萬種不可能使事情改了名份。

而「無名份」不等於沒事情；「無名份」之下，甜頭是可以吃的，愜意是可以有的。晚江正想把過大一塊木瓜切開，跟前沒餐刀，緊接著，一把餐刀不動聲色地給推到她面前。晚江沒有接，也沒有對路易說「謝謝」。她突然厭惡起來。她也不知道她厭惡什麼，她的厭惡也沒有名份。餐室有一張長形餐桌，配十二把椅子。門邊高高的酒櫃裡陳列著瀚夫瑞一生收藏的名酒，有兩瓶是他從父親遺產中繼承下來的，五年前晚江偶然撣灰，發現櫃子最高一層的酒瓶全是空的，角落那瓶還剩三分之一。她在當天夜裡看見蘇躡手躡腳地潛入餐室，將三分之一瓶酒倒入酒杯，再仔細蓋上瓶蓋。她幾年來偷飲這些名貴的瓊漿，做得天衣無縫。眼下這一櫃子空酒瓶真正成了擺設。

路易忽然看見一張餐椅上有把梳子，上面滿是蘇的枯黃頭髮。他嘴裡同父親的談笑並不間斷，手指捏起毛烘烘的梳子。晚江想，原來手指也會作嘔。路易拈起梳子，梳子是已枯死腐敗的一份生命。他將它從窗口扔了出去。窗朝向後院，滿院子玫瑰瘋野地爆開，一個枝頭掛了幾十個蓓蕾，全開花時枝子便給墜低，橫裡豎裡牽扯。梳子就落在玫瑰上。玫瑰開成那樣，就不是玫瑰了。開成花災的玫瑰不是燦爛，而是荒涼。一個荒涼的玫瑰原始叢林，凶險得無人涉足。這個家的人從來不去後院，夏天傍晚的烤肉，也只在石頭廊沿上烤。蘇荒涼的頭髮落入荒涼的玫瑰叢林，無聲無息，毫無痕跡。就是把蘇往玫瑰裡一扔，人們也會到很久以後才記起，咦，有一陣子沒見蘇啦。扔蘇也不費事，她常悶聲不響喝得死醉。

晚江眼睛瞄到一排一排的空酒瓶上。誰會想到站著的全是軀殼，靈魂早已被抽走？何止靈魂？精髓、氣息，五臟六腑。空殼站得多好，不去掂量，它們都有模有樣，所有的瓶子全是暗色或磨砂玻璃的，誰都看不透它們。幾次聖誕，瀚夫瑞心血來潮，要喝櫃子裡某一瓶珍藏。晚江就把心提到舌根上。她在這時候不敢去看蘇，她知道蘇的臉白得發灰，也成了一個酒瓶，空空的沒一點魂魄了。

路易還在講他對股票的見解，深棕的頭髮激動地在他額上一顫一顫，他在生活中也是個啦啦隊長，助威地揮著手，助興地蹬著足，笑容也是要把他過剩的勁頭強行給你。不要可不行，他不相信世上有不要「勁頭」的。往往在這個時刻，晚江會恍恍地想起蘇。她感到路易笑得太有勁，笑容也太旺，她招架不住；她倒寧可同蘇歸為一類。這宅子裡人分幾等。路易和仁仁是一等，瀚夫瑞為另一等，剩下的就又次一等。九華原想在最低一等混一混，卻沒混下去，成了等外。

奇怪的是瀚夫瑞每次去開酒櫃門時，總是變卦。他自我解嘲地笑笑說：「大概喝起來也沒那麼精彩。」他意識到消耗自己一生珍藏是個不吉利的徵兆，是人生末路的起始。

電話鈴響了。瀚夫瑞順手按下機座上的對講鍵，連著幾聲「哈囉」。那頭沒人吭氣，晚江儘量不露出望眼欲穿的急切，以原有的速度咀嚼水果。瀚夫瑞朝路易無聲地「噓」了一下，制止他嘩嘩地翻報紙。三人都聽著那邊的沉默。之後電話被掛斷了。瀚夫瑞看晚江一眼。

過了兩分鐘，電話鈴又響。瀚夫瑞抱著兩個膀子往椅背上一靠，表示他不想礙晚江的事。晚江心一橫，只能來明的。她捺下鍵子。「請問劉太太在嗎？」機座出聲了，聲音水靈靈的。路易起身走了出去，想起什麼急事需要他去張羅似的。

晚江用劉太太的音調說：「是我呀，怎麼好久不來電話呀？」她眼睛餘光看見瀚夫瑞把電視的字幕調了出來。女人問劉太太方便說話吧？晚江知道下面該發生什麼了，手抓起話筒，說：「方便的方便的，不方便也得行方便給你呀。」晚江拿過記事簿，一面問對方是訂家宴還是雞尾酒會的小食。笑嘻嘻的晚江說自己不做兩千塊以下的生意，圖就圖演出一場「美食秀」，又不真靠它活口。對方馬上變了個人似的，用特務語調叫晚江在十分鐘之後接電話。

晚江撤下早餐，端了托盤向廚房去，事變是瀚夫瑞作息時間更改引起的。九點到九點半，該是他淋浴的時間，這禮拜他卻改為先早餐了。她悄悄將電話線的插座拔出一點。然後她到廚房和客廳，以同樣辦法破壞了電話線接緣。再有電話打進來，瀚夫瑞不會被驚動了。二線給路易的電腦網絡佔著；至少到午飯前，他會一直霸著這條線路。

十分鐘之後，晚江等的那個電話進來了。她正躺在浴盆裡泡澡，馬上關掉按摩器。她聽一個男中音熱烘烘地過來了：「喂？」她為了安全起見，說：「是訂餐還是授課？」她聽了聽，感覺線路是完好的，沒有走漏任何風聲，便說：「喂？」洪敏又「喂」一聲，他知道晚江已經安全了。「你在幹嘛？」他問。還像二十多年前一樣詞彙貧乏。她說：「沒幹嘛。」他們倆的對話總是十分初級，二十多年前就那樣。百十來個詞彙夠少男少女把一場壯大的感受談得很好。他們也如此，對話就是少男少女。洪敏問她吃了早飯沒有。她說吃過了。他又問早飯吃的什麼。她便一一地報告。洪敏聲音的持重成熟與他的狹隘詞彙量很不搭調，但對晚江，這就足夠。她從「吃過早飯沒有」中聽出牽念、疼愛、寵慣。那種從未離散過的尋常小兩口，昨夜說了一枕頭的話，一早聞到彼此呼吸的小兩口。洪敏聽她說完早餐，嘆口氣，笑道：「呵，吃得夠全的。」

那聲笑的氣流大起來，帶些衝撞力量，進入了晚江。它飛快走在她的血管裡，漸漸擴散到肌膚表層，在她這具肉體上張開溫熱的網。浴室是黑色大理石的，頂上有口闊大的天窗。陽光從那兒進來，照在晚江身上。這是具還算青春的肉體，給太陽一照，全身汗毛細碎地癢癢，活了的水藻似的。她說你費九牛二虎之力打電話給我，就問我這些呀？他說，我還能問什麼呀。兩人都給這話中的苦楚弄得啞然了。過了一會兒，洪敏問：「老人家沒給你氣受吧？」晚江說現在誰也別想氣她，因為她早想開了，誰的氣都不受。

洪敏總是把瀚夫瑞淡化成「老人家」。她知道其實是他口笨。他跟九華一樣，是那種語言上低能的人。就是把著嘴教，洪敏也不見得能念準那三個音節的洋名字。正如九華從來念不準一樣。洪敏對兩個音節以上的英文詞彙都儘量躲著。為此晚江心疼他，也嫌棄他。因為嫌棄，晚江便越加心疼。

末了，就只剩了心疼。

「沒事少打電話。弄得他疑神疑鬼，我也緊張得要命。不是說好每星期通一個電話嗎？」晚江用洪敏頂熟悉的神情說著。他最熟悉她的神情，就是她鬧點小脾氣或身上有些小病痛的樣子。

「九華說你剪了頭髮。」洪敏說。

「剪頭髮怎麼了？又不是動手術，還非要打電話來問？」她知道他從這話裡聽出她實際上甘願冒險；什麼樣的險她都肯冒，只要能聽聽他喘氣、笑、老生常談的幾句話。洪敏問是不是「老人家」要她剪頭髮的。晚江撒謊說，頭髮開岔太多，也落得厲害。其實瀚夫瑞說了幾年，晚江的年歲留直長髮不相宜。洪敏說，算了吧，肯定他不讓你留長髮。

「噢，你千辛萬苦找個老女人，把電話打進來，就為了跟我說頭髮呀？」

洪敏從不遵守約定，能抓得到個女人幫他，他就蒙混過瀚夫瑞的崗哨，打電話跟晚江講兩句無關緊要的話。他在一個華人開的夜總會教交誼舞，有一幫六十來歲的女學生，這頭接電話的一旦不是晚江，她們就裝成晚江的客戶，預定家宴或酒會。有時她們跟瀚夫瑞胡纏好一陣，甜言蜜語誇劉先生何來此福氣，娶到一個心靈手巧、年輕貌美的劉太太。瀚夫瑞這麼久也未發現洪敏就躲在這些老女人後面，多次潛入他的宅子，摸進他的臥室，和他的愛妻通上了私房話。

講的從來是平淡如水的話，聽進去的卻十分私房。私房得僅有他們自己才懂，僅有他們自己才知道它的妙。

像二十多年前，他們第一個吻和觸摸。那是難以啟齒，不可言傳的妙。晚江和洪敏結婚時，在許多人眼裡讀出同一句話：糟賤了、糟賤了。歌舞團的宿舍是幢五層樓，那年八月，五樓上出現了一幅美麗絕倫的窗簾，淺紅淺藍淺黃，水一樣流動的三色條紋，使人看上去便想，用這樣的細紗綢做窗簾，真做得出來。在那個年代，它是一份膽量和一份超群，剩下的就是無恥——把很深閨、很私房的東西昭彰出來。於是便有人問：五樓那是誰家？回答的人說：這你都不知道？徐晚江住那兒啊。若問的這位也曾在舞臺下的黑暗中對徐晚江有過一些心意，浪漫的或下流的，這時就會說：哦，她呀。那個時間整個兵部機關轉業，脫了軍裝的男人們都認為當兵很虧本，從來沒把男人做舒坦。於是在他們說「哦，她呀」的時候，臉上便有了些低級趣味：早知道她不那麼貴重，也該有我一份的。人們想，娶徐晚江原來很省事，洪敏從三樓男生宿舍上到五樓，跟晚江同屋的兩個女友好好商量了一下，就把那間女宿舍用被單隔出洞房來了。兩個女友找不出新婚小兩口任何茬子：被單那一面，他們的鋪板都沒有「咯吱」過，他們的床墊都沒「窸窣」過，她們實在想不通，這一男一女怎麼連皮帶鉤都不響，連撕手紙、倒水浴洗的聲音都不發，就做起恩愛夫妻來了，所有的旗號，就是一面新窗簾，門上一個紙雙喜。

洪敏還是早晨五點起床，頭一個進練功房。晚江也依舊八點五十分起床，最後一個進練功房。洪敏照樣是練得最賣力的龍套，晚江照樣是最不勤奮的主角。

半年後，與晚江同屋的兩個姑娘搬走了，半個洞房成了整個兒。

大起肚子的晚江終於可以不必去練功房。她常出現在大食堂的廚房裡，幫著捏餃子、包子。人們若吃到樣子特別精巧，餡又特別大的餃子或包子，就知道是徐晚江的手藝。後來人們發現菜的風味變了，變得細緻，淡雅，大家有了天天下小館兒的錯覺，便去對大腹便便的晚江道謝。她笑笑說：有什麼辦法呢？我自己想吃，又沒地方做。也不知她怎樣把幾個專業廚子馬屁拍得那麼好，讓他們替她打下手，按她的心思切菜，擱調料。她也不像跳舞時那樣偷懶了，在灶臺邊一站幾小時，兩個腳腫得很大，由洪敏抱著她上五樓。樓梯上碰到人，晚江笑著指洪敏：他練托舉呢。

九華兩歲了，交給一個四川婆婆帶。這個婆婆是給歌舞團的大轎車撞傷後，就此在北京賴下的，調查下來她果然孤身一人，到北京是為死了的老伴告狀。四川婆婆於是成了五層樓各戶的流動托兒所，這樣她住房也有了，家家都住成了她自己家。

這個夏天夜晚，四川婆婆把馬團長敲起來，說洪敏和晚江失蹤了。馬團長對她說：

下面洪敏若是同另一個女人失蹤，再來舉報。

過幾天，她又去找馬團長，說：這兩口子又一夜沒回來。副團長說：只要練功、演出他們不失蹤，就別來煩我。

一夜，馬團長給電話鈴鬧醒，是「治安隊」要他去認人。說是一對男女在北海公園關門後潛伏下來，找了個樹深的地方，點了四盤蚊香，床鋪就是一疊《人民日報》。

馬團長認領回來的是洪敏和徐晚江。「治安隊」的退休老爺子老太太堅決不信馬團長的話：他倆怎麼可能是兩口子呢？你沒見給抓了姦的時候有多麼如膠似漆都以為是一對殉情的呢！

吉普車裡，馬團長坐前排，洪敏、晚江坐後排。他問他們，到底是為什麼。兩人先不吱聲，後來洪敏說：是我想去的。晚江立刻說：胡說，是我的主意。副團長說：喝，還懂得掩護戰友啊。我又沒追查你們責任。我就想明白，你們為什麼去那兒。兩人又沒聲了。副團長催幾次，洪敏說：我們總去那兒，自打談戀愛就去那兒。副團長說：對呀，那是搞戀愛的人去的地方。搞戀愛的人沒法子。你們倆圖什麼？有家有口的？洪敏氣粗了：家裡不一樣。馬團長說：怎麼不一樣？讓你們成家，就為了讓你們有地兒去！

洪敏又出了一聲，但那一聲剛冒出來就跑了調。他的大腿給晚江擰了一下。

馬團長在心裡搖頭，這一對可真是配得好，都是小學生腦筋，跳舞蹈的男女就這麼悲慘，看看是花兒、少年，心智是準白痴。他這樣想著，也就有了一副對白痴晚輩的仁厚態度。他說：以後可不敢再往那兒去了，聽見沒有？洪敏問：為什麼？副團長大喝道：廢話。洪敏也大喝：搞戀愛能去，憑什麼不准我們去？

馬團長給他喝愣住了。幾秒鐘之後，他才又說：好，好，說得好——你去，去；再讓逮走，我要再去領人我管你叫馬團長！

洪敏不顧晚江下手多毒，腿上已沒剩多少好肉。他氣更粗：憑什麼不准我們去？

馬團長說：你去呀，不去我處分你！

洪敏說：憑什麼結了婚就不准搞戀愛？

戀愛搞完了才結婚，是不是這話？馬團長向後擰過臉。

不是！

那你說說，是怎麼個話兒？

馬團長此刻轉過身，多半個臉都朝著後排座。他眼前的一對男女長那麼俊美真是白糟蹋，大厚皮兒的包子，三口咬不到餡兒。

洪敏你說啊，讓我這老頭兒明白明白。

洪敏正視他：副團長，您這會兒還不明白，就明白不了啦。

歌舞團第一批單元樓竣工，沒有洪敏、晚江的份兒。他們把馬團長得罪得太徹底。「北海事件」也讓所有人瞧不起他們，認為他們正經夫妻不做，做狗男女。第二次分房，六年以後，又隔過了洪敏與晚江。晚江便罷工，不跳主角了。領導們都沒讓她拿一手，趁機提拔了幾個新主角。

歌舞團虧損大起來，便辦起一個餐館，一個時裝店。晚江躲回江蘇娘家生了超指標的仁仁，回來就給派到餐館做經理去了。這時團裡的文書、髮型師、服裝保管都分了一居室或兩居室，單身宿舍樓上那美麗的窗簾，仍孤零零地夜夜在五層樓上美麗，顏色殘褪了不少，質地也衰老了。據說要進行最後一次分房了，洪敏搬了鋪蓋在分房辦公室門口野營，誰出來他就上去當胸揪住誰。人們都說，洪敏已成了個地道土匪，幾次抓了大板磚要拍馬團長。

使他們分房希望最終落空的是仁仁。團裡有人「誤拆」了徐晚江的信，「誤讀」了其中內容。信裡夾了一張兩歲女孩子的相片，背面有成年人模仿稚童的一行字跡：「爸爸、媽媽，仁仁想念你們。」

這樣，晚江和洪敏永遠留在了十年前的洞房裡。洪敏背了一屁股處份，從此不必去練功房賣力。他成了時裝店的採購員，人們常見他游手好閒地站在路邊上，從時裝店裡傳出的流行歌曲震天動地，他的腳、肩膀，脖子就輕微地動彈著。他人停止了跳舞，形體之下的一切卻老實不下來，不時有細小的舞蹈冒出形體。又過一陣，時裝店寂寞冷清透了，兩個安徽來的女售貨員對洪敏說：不如你就教我倆跳探戈吧。

晚江的餐館卻很走運，一年後成了個名館子。她一點也不留戀做主角的日子，每天忙著實驗她的新菜譜。一天有一桌客人來吃飯，晚江渾身油煙給請到前堂。她看見這桌人眾星捧月捧的是一位「劉先生」。桌上有人說：劉先生問呢，這屬於哪個菜系？

晚江問住了，過一會兒才說：就是「晚江菜系」。

劉先生輕聲輕語，直接同她答對起來。他說他算得上是精通菜系的食客，倒沒聽說過「晚江菜」。

晚江便傻呼呼地笑了說：當然沒聽說過，都是我瞎做出來的。

劉先生重重地看她一眼，老成持重的臉上一層少年的羞澀紅暈。臨走時他給了晚江一張名片，上面說他是美國一個公司的律師。他第二天約晚江去長城飯店吃日本餐。晚江活了三十多歲，從沒吃過日本餐，便去了。

餐後，劉先生給了她「一點小意思」，是個錦盒。他說每位女賓都有的，她不必過意不去。散了席劉先生回樓上房間去了。女賓們這才敢打開各自的錦盒。所有的「小意思」是真的很小，錦盒裡是塊南京雨花石，晚江的卻是一串細鏈條，綴一顆白珍珠。

劉先生的那位親戚對晚江一再擠眼，意思要留她下來。送了其他賓客後，他把晚江領到咖啡座。接下去一小時，他講的全是劉先生，如何有學問，如何闊綽，如何了不起的勝訴記錄。他沒有講劉先生想到國內選個劉太太之類不夠檔次的話，但誰都聽得出劉先生選劉太太要求不高，一要年輕，二要貌美，三要做一手好菜。

晚江糊裡糊塗跟那親戚上了電梯。劉先生坐在露臺上獨自飲酒，小几上卻放了另一個酒杯。親戚說他想看電視，便留在房裡，拉上了窗簾。

劉先生在淡藍的月光裡問了聲：「可以嗎？」

晚江傻呼呼地微笑一下。她不知他在徵求她什麼意見。同時她的手給捏住。她想，她的手曾經各位老首長捏得劉先生有什麼捏不得。接下來，她的手便給輕輕撫摸起來。她又想，部裡首長們也這樣摸過，他們摸得，劉先生摸摸也無妨吧。劉先生摸得也比首長們尊重多了，沒有摸著摸著就沿胳膊攀上來，成了順藤摸瓜。劉先生花白的頭顱緩緩垂下，嘴唇落在了晚江手背上。

一股清涼觸在晚江知覺上。晚江從未體驗過這樣的異性觸碰。似乎不是吻，就是憐香惜玉這詞本身。晚江突然呆了：她有限的見識中，金髮的年輕王子才如此地一垂頸子，一俯臉，賜一個這樣的吻給同樣尊貴的女人。

晚江回家的一路，都在想那淡藍月光裡，在她手背上賜了一個淡藍色吻的老王子。她把它講給洪敏聽。她講給他聽，是因為這樣親密的話，除了洪敏，她沒人可講。她還想讓洪敏也開開眼界。

洪敏入神地聽著，沒說什麼。她要他模仿，他亦模仿得不錯。她這樣那樣地點撥一番，說他「還湊合」。幾天裡洪敏一直沒有話。有時晚江在罵九華，或哄著餵仁仁吃飯，偶爾瞥見洪敏的目光，會突然有些害怕。她不知道他目光怎麼那樣直。她不懂那目光中的木訥便是洪敏在忍痛，得死忍，他才鐵得下心來。他在三天後鐵下心來了。

他抱著她說：晚江，我看你跟那個人去吧。

晚江說少發神經。她沒說：跟誰去？你說什麼呢？她馬上反應到點子上了。證明她一刻也沒停地和他想著同一樁事，同一個人。

這便讓洪敏進一步鐵了心。他說：那個人，不是醜八怪吧？

晚江毒辣辣地瞪著他，手裡餵仁仁吃飯的勺子微微哆嗦。

聽你說起來，他就老點，挺紳士風度的，是吧？我是真心的，晚江。去美國，嫁個有錢男人，現在哪個女人不做這夢？這夢掉你頭上來了，擱了別人，早拍拍屁股跟了他走了。

晚江仍瞪著他，像他醉酒時那樣不拿他當人看，覺得他有點好玩，有點討厭。意思說：看你還得出什麼新招兒。但他覺得，她假裝不拿他當真。她其實心給他說活了。本來就偷偷活了的心，此刻朝他的話迎合上來。他認識她那年，他十九歲，她十七歲。他們在相互要好或彼此作對時都會說一句陳詞濫調：你撅撅尾巴我就知道你要拉幾橛子屎。他們彼此的知根知底如同在一片漆黑裡跳雙人舞，絕對搭檔得天衣無縫，絕對出不了意外。

洪敏說：行啦，收起你那套吧。

接下去他和她平心靜氣地談了一夜。他說到自己的無望，連一套把老婆孩子裝進去的單元房都混不上。他說，這些年來，他給晚江往五樓上拎洗澡水並不能說明他有多模範，只能說他有多飯桶：本事些的男人早讓老婆孩子在自家浴室裡洗澡了。他說晚江我寧可一輩子替你拎洗澡水，甭說從鍋爐房拎著上五樓，就是上五十層樓；我死心塌地給你拎。可你馬路上隨便拉一個男人，他也拎得了洗澡水啊。

這個時分九華和仁仁在一層布簾那一面睡著了，他們聽得見仁仁偶爾出來的一聲奶聲奶氣的囈語，或九華不時發出的鼾聲。

洪敏感覺晚江的眼淚浴洗他一般，淌濕他的面頰、脖子、肩。這便是她在離別他了。他安慰她，就算咱們為孩子犧牲了。賬記到孩子頭上，他就不會怪罪她，也替她找了替罪的。

託了一串熟人，離婚手續竟在一禮拜之內就辦妥了。

整個過程，劉先生全被蒙在鼓裡。他以為晚江原本就沒有家累。他很君子的，在晚江對自己隱私緘口時，他絕不主動打聽。他認為晚江同他交往，自然是她能當自己的家，是她身心自由地同他交往。晚江願意嫁給他，也是她自己拿主意。劉先生在這方面相當西方化；他絕不為別人的麻煩操心，絕不對別人的品德負責。既使晚江嫁他動機不純，那是晚江人格上的疑點，他不認為純化別人的人格是他的事。

出國前一天，晚江在樓道裡燒菜。一切似乎照常，洪敏圍著她打下手。他們生活十餘年，一直是這樣，事情是晚江做，收場是洪敏收：一桌菜燒下來，洪敏要挨個蓋上鹽罐、糖罐，塞上所有瓶塞，最後關掉煤氣罐。

這晚上吃了飯，晚江看著捆好的行李，說她變卦了。她不想跟劉先生走了。她不願帶著仁仁跟一個比陌生人還陌生的男人遠走高飛了。她說：他是誰呀？我連他那洋名字都念不上來。憑什麼相信他呢？他把我們娘兒倆弄到美國熬了吃不也讓他白吃了嗎？

洪敏說有他和九華呢。他要不地道，老少兩代爺兒們上美國跟他玩命。

晚江恨不得就一屁股坐下，賴在五樓上那個小屋裡。那屋多好啊，給她和他焐熱了，喜怒哀樂也好，清貧簡陋也好，都是熱的。她說：不走了不走了。她搖著腦袋，淚珠子搖得亂濺。我可受夠你了，徐晚江。洪敏突然一臉兇惡。仁仁嚇得「哇」一聲哭起來。你他媽幹什麼事都有前手沒後手；事出來了，屁股都是我擦。我他媽受夠你了，你也讓別的男人去受受你吧。晚江漸漸看出這兇惡後面的真相。他其實在說：我想給你好日子過，給你體面的房、衣裳、首飾，晚江，你值當這些啊。可我賣了命，也給不了你什麼。你看不到我有多苦嗎？我心裡這些年的苦，你還要我受下去嗎？

第二天一早洪敏從食堂打來粥和饅頭，晚江一眼也不看他。晚江就那樣帶著一張蠟臉，義無反顧地領著仁仁下樓去了。她知道洪敏看著她邁進停在樓下的汽車。汽車是瀚夫瑞專門租的，裡面有大束的玫瑰。她知道洪敏一直看著汽車遠去。清晨晾出去的被單、枕套，這時舞成了一片旗。

3

晚江躺在黑色大理石浴室裡，看天窗外深深的晴空成了一口井。沿天窗的窗口，掛了幾盆吊蘭，藤羅盤桓，織成網，同巴西木的闊葉糾纏起來。巴西木與龜背在這裡長得奇大，葉片上一層綠脂肪。

晚江每天在浴盆裡泡兩次。有這樣好的浴盆，她不捨得空著它。熱氣在天窗下掙扭，越來越厚的白色蒸汽漸漸變成水珠，滴在植物葉子上。晚江的體溫同蒸汽一起升起，空氣是肥沃的，滋養著所有植物。

此刻她感覺她的體溫上升、漫開，進入肉乎乎的枝葉和藤葛，進入它們墨綠的陰影，形成蟲噬般細小的沙沙聲。光線變一下，晚江猛側過臉，見瀚夫瑞進了浴室。她立刻往水裡倒些泡沫浴劑，身體便給藏得嚴嚴實實。接連幾天，瀚夫瑞在她泡澡的時間進入浴室。她只能以非常微妙的動作，將浴盆邊的電話接線也破壞掉。這樣洪敏的電話便打不進來了。他打不進來，瀚夫瑞便不會看出破綻。

這是第十天了。洪敏的電話給堵在外面。

她等得一池水冷下去，瀚夫瑞仍在那裡慢慢地刮鬍子。洪敏不可能一直等下去。三個方向的鏡子裡，瀚夫瑞的正面、側面、背面，都很安詳。晚江知道那一頭洪敏已放棄了。垮著身架走回舞廳，為老女人們喊著心灰意懶的口令「一、二、三、四」。

瀚夫瑞刮了臉，又塗上Polo，清香地對晚江微微一笑，走進浴室套間。那裡是他和晚江的儲衣間，比晚江曾經的洞房還大些。瀚夫瑞每天早上仍是要挑選外衣、襯衫、褲子和鞋襪，仍像從前上班那樣認真地配一番顏色、式樣，只是省略了領帶。退休的瀚夫瑞希望生活還保持一個濃度，不能一味稀鬆下去。

晚江想，這一天又完了，又錯過了洪敏。接下去會是兩天的錯過，因為是週末。週末晚江對洪敏毫不指望，那兩天他最是忙碌，從上午到淩晨，給老女人們伴舞。她知道洪敏最慘的是星期六晚上，他得一刻不停地舞，給一大群濃妝艷抹的女人做小白臉。也是個老小白臉了。

卻在星期六晚上的餐桌上，仁仁接了個電話。女孩子隨便答了幾句話便打發掉了。掛了電話，晚江瞅了她幾眼，女孩的神色紋絲不動。「找誰的？」瀚夫瑞問。「找劉太太。」仁仁回答。「事情要緊嗎？」瀚夫瑞又問。「誰知道。」仁仁答道。

電話鈴五分鐘之後又響起來。瀚夫瑞伸手去接。坐在他旁邊的人都聽得見那頭的熱絡女人。「請問，劉太太方便接電話嗎？」瀚夫瑞請她稍等，便將電話遞給晚江。晚江笑瞇瞇的，心裡飛快盤算何時離開餐桌以及怎樣能合情合理地獨自走開。

晚江同電話中的陌生女人客套著，一面不緊不慢從餐室出去，穿過廚房。抽油煙機還在轉動，她任它轉去。陌生女人問：「現在方便了吧？」不等晚江應答，那邊的電話已給洪敏搶過去：「喂?!」晚江馬上聽出他來勢不妙。「剛才接電話的是誰？是仁仁吧?!」洪敏問道。晚江沒有直接回答，抓緊時間告訴他，她這十多天一直在等他電話。

洪敏什麼也沒聽進去，「這小丫頭怎麼給教成這樣啦——一句中國話不會說？我說請問劉太太在家嗎？她跟我一通嘰哩咕嚕，我又問她一句，她還跟我嘰哩咕嚕，欺負我不懂英文是怎麼著？」他火大起來。洪敏不愛發火，但一發就成了野火。這種時候晚江就要放小心了，平時使的小性子，這時全收斂起來。

晚江說：「大概她沒聽出來是你。」

「對誰她也不能那麼著吧——狂的!!」

晚江知道他火得不輕，曾經要拿大板磚拍馬團長的勁頭上來了。平常日子裡晚江是愛鬧的那個，但只是小打小鬧，鬧是為了給洪敏去哄的，去寵慣的。過去在一塊，他們所以從沒鬧傷過，就是兩人在情緒發作時一逗一捧，有主有次。晚江這時任洪敏跳腳蹦高，一味代仁仁受過。也為她開脫，說女孩子在十四五歲，都要作一陣怪；仁仁所有女同學都一樣的可惡，對成年人愛答不理。洪敏還是聽不進去。

「你們教育的什麼玩藝?!一個九華，給你們逼成小流浪漢了。」一到洪敏把晚江稱作「你們」，事情就可怕起來。他拉出一條戰線，把晚江、仁仁都擱在瀚夫瑞那邊，他感受到的不僅是強與弱、尊與卑的對立，他還感到了叛賣。「你們以為你們這樣教育她，就能讓她的黃臉蛋上長出藍眼睛大鼻子啦?!」

晚江不吭聲了。讓他去好好發作，去蹦高。二十多年前，她就懂得洪敏難得火一次，火了，就讓他火透。然後她總是抓一個合適的時機哄他。她從來都是把時機抓得很準，一句哄下去，不管事態怎樣血淋淋，痛先是止住了。這時瀚夫瑞來到廚房翻找一張賬單，晚江心急火燎等他走開。而洪敏因為沒及時得到她的哄慰，只有一路火下去。晚江想，這個時分她只消上去遞塊毛巾，或一杯水，或者輕輕摸一摸他的頭髮;甚至只消走過去，挨在他身邊坐下來，坐一會兒，使他感到她是來同他作伴的，無論他做什麼，都不孤絕，都有她的陪伴。

晚江看一眼瀚夫瑞。他翻找東西動作仔細，每樣東西都被他輕輕拿起，又輕輕擺回原樣。她只能撤退到客廳。「聽我說一句，好嗎?」她說。

洪敏一下子靜下來。他火得昏天黑地，晚江的聲音一縷光亮似的照進來，給了他方向。他立刻朝這聲音撲來:「你得讓我見見仁仁，我非得好好揍她一頓。」洪敏說，「九華小時候挨了多少揍?現在你看怎麼樣?他就不會像仁仁這樣忘本!我揍不得她怎麼著?!」

瀚夫瑞出現在客廳門口，晚江馬上堆出一點笑來，用眼神問他：「有什麼事嗎？」瀚夫瑞表示他在等電話用。但他做了個「不急，我等你用完」的手勢。「揍才揍得出孝順，」洪敏說，「揍，這些孩子才不會忘恩負義！」

晚江插不上嘴了。她很深地嘆了口氣。這聲嘆息站在跟前的瀚夫瑞毫無察覺，而洪敏遠遠的卻聽見了。瀚夫瑞又做了個「不急」的手勢，在門口的沙發角上坐下來。晚江此時不能再來一次「撤退」，那樣瀚夫瑞就會意識到她有事背著他。洪敏從晚江很深的嘆氣裡聽出她的放棄：她身體往下垮，兩手苦苦地一撒，意思是：好吧，你就鬧吧。他看得見晚江此刻的樣子：她突然衰老疲憊起來，讓個蹬、打、哭鬧的孩子磨斷了筋骨，只好這樣苦苦地一撒手：你愛怎麼就怎麼吧。

曾經，洪敏最怕的，就是晚江這一手，安靜極了的一鬆垮、一撒手。那種苦苦的放棄，那種全盤認輸的神傷，那種自知是命的淡然，真叫他害怕。

過了半分鐘，洪敏說：「晚江，別拿我剛才的話當真啊？都是氣話，別氣，啊？」

像所有搭檔好的男女一樣，他們總是相互惹一惹，再相互哄一哄。「就當我剛才的話是狗屁，行了吧？」

晚江見瀚夫瑞的目光收緊了。他自己也意識到這一點，慢慢將眼睛轉向別處。他慢慢站起身，表示他不願礙她的事。晚江的手捂住話筒，說：「我馬上就講完。」

瀚夫瑞遲疑地站在那裡。洪敏還在說：「你沒讓我氣得手心冰涼吧？手心涼不涼？」

「不涼。」晚江說，「烤蘆筍就是吃個口感，時間長了，口感就完了。再說色彩也不好看。」

「你過去一氣手心就冰涼。」洪敏說。

「行了，現在可以澆作料了。作料一澆就要上桌，不然就是作料味，不是蘆筍味了。」

「晚江，你就不能讓我見見你？我想看看你剪了頭髮的樣兒。」

「現在怎麼樣？外脆裡嫩，就對了。不用謝，忘了什麼，隨時打電話來問。謝謝你上次訂餐。」

最後這段話，晚江和洪敏各講各的，但彼此都聽懂了和解、寬心、安恬。瀚夫瑞想，這下可好了，主婦們遙控著一個烹飪教練，由晚江遠遠替她們掌勺，她們得救了，這個家還有清靜嗎？想著他便對晚江說：「以後不要隨便把電話號碼給出去。」

晚江累得夠嗆，笑一笑，不置可否。

4

雨大起來，瀚夫瑞撐著傘，看晚江水淋淋地消失在雨幕後面。他一般不阻止她什麼。他只說：「要我是你，下雨我就不跑了。」他只把話說到這一點：「我要是你，我不會這麼做。」瀚夫瑞不僅對妻子晚江如此，亦以同樣的態度對仁仁、路易、蘇，一切人。他的態度是善意的，但絕對局外。言下之意是可惜我不是你。因此你對你的決定要負責，而不是我。他對蘇說：「我要是你，一定會重新擺一下人生的主次：不把養鳥作為主要生活內容。」他對路易說：「我要是你，就去讀個工商管理碩士學位，提拔起來要快許多。」他對仁仁說：「換了我，我就把鋼琴彈成一流，將來考名牌大學可以派用場。」瀚夫瑞和仁仁的對話裡，每天都有「要我是你」的虛擬句式。他每星期六去一個藝術博物館做四小時義工，也給晚江在藝術品小賣部找了份半義工，而仁仁就去聽館內免費的藝術講席。仁仁一旦反抗，說她同學中沒一個人去聽這種講席，瀚夫瑞便說：「要我是你的話，就不去跟任何人比。」碰到仁仁敲他竹槓，要他給她買名牌服飾，他就說：「換了我，我才不上名牌的當。」仁仁在這方面很少聽他的意見，總是不動聲色到試衣室披掛穿戴，然後擺出模特兒的消極冷艷姿態，對瀚夫瑞說：「請不要暈倒。」瀚夫瑞眼光是好的，立刻會欣賞地緩緩點頭，同時說：「但是，太貴了。」仁仁便說：「請不要這麼吝嗇。」兩人往往會有一番談判，妥協的辦法是瀚夫瑞出一大半錢，剩下的由仁仁自己貼上去。仁仁有自己的小金庫。每回鋼琴考試得一個好成績，瀚夫瑞給兩百元獎金；芭蕾不曠課，每月獎金一百；擦洗車子，每次七八元；學校裡拿一個「A」，獎金十元；「B-」，罰金五元；和男生通電話，罰金五十；和女生通電話超過半小時，罰金十元。那些細則複雜得可怕，但仁仁和瀚夫瑞都很守規則、講信譽，前律師和未來的法學優等生一樣心狠手辣，但曉之於理。瀚夫瑞在仁仁身上的投資是可觀的，從德育、美育到日常的衣飾、髮型。但他並非沒有原則。原則是衣飾方面，他的投資每月不超過一百元，超額的由仁仁自己承擔。老繼父提出，他可以貸款給她，利息卻高過一般信用卡公司。十四歲的仁仁和七十歲的瀚夫瑞在金錢面前有相等的從容，談起錢來毫不發窘，面不改色，雖然談判時你死我活，也偶然談崩，卻是十分冷靜高雅。仁仁在說「你欠我五元的物理課獎金」時，那個風度讓人目瞪口呆。那是完美的風度，含有自信和冷冷的公道。

仁仁正按照瀚夫瑞的理想長成一位上流淑女。瀚夫瑞二十多年前對蘇也有過一番設計，而他終於在蘇高中畢業時放棄了。他對路易也不完全滿意。路易身上有美國式的粗線條，鋼琴學成半調子，對藝術很麻木，過份熱愛體育和股票。在路易成長時，瀚夫瑞事業正旺，沒有餘力投入到路易的教化中去。而對於仁仁，他現在花得起時間和心血了。他教她背莎士比亞、艾米莉．狄金森，他想仁仁的姿態高貴是沒錯的，但他頂得意的，是女孩將有精彩的談吐。

兩稠密起來，也迅猛了。晚江是這天早晨惟一的長跑者。長跑目前給了她最好的思考形式。她在跑步中的思考越來越有效率，許多事都是在長跑中想出了處理方案。她卻一連多日想不出辦法去對付洪敏。最近幾個禮拜，他每次打電話都要求見晚江和仁仁。晚江叫他別逼她。洪敏說，兩年了，他逼過誰？晚江一陣啞口無言。

洪敏來美國已經兩年。是他找了個開旅遊公司的熟人替他辦妥簽證。晚江付了那個熟人五千塊錢。她和他從不提見面的事，都暗暗懂得見面可能會有的後果。後果可能有兩個：失望，或希望。希望會是痛苦的，意味著兩人間從未明確過的黑暗合謀：瀚夫瑞畢竟七十了，若他們有足夠的耐心和運氣，將會等到那一天。這等待或許是十年，最多是二十年，但不是無期的等待。他們只需靜靜埋伏，制止見面的渴望，扼殺所有不智的、不冷靜的情緒。而他們更懼怕的，是失望；是那相見的時刻，兩人突然發現十年相思是場笑話；他（她）原來是這麼個不值當的人，如此乏味，令人生厭。失望會來得很徹底，從此他們踏實了，從此連夢都可以省略了。十年裡他們夢中見到的，總是十九歲、二十歲的晚江和洪敏，失望會以四十二歲的晚江、四十四歲的洪敏去更替，更替一旦失敗，他們連夢也失去了。沒人去夢一夢，大概就算是死亡的開始。

晚江對這一切，並沒有意識，她直覺卻非常好，是直覺阻止她去見洪敏的。

跑到古砲臺拐彎處，她見九華和小卡車孤零零在那裡。她走近，發現九華睡著了，頭歪向窗子。窗縫不嚴，雨水漏進來，濕了他的頭髮和肩膀。她輕輕拉開門，坐到九華旁邊。她一點也不想喚醒他。就是他昨夜又沒出息地看了一夜肥皂劇，她也願他就這樣睡下去。她輕輕把他的身體挪了挪，將他的頭靠在自己肩上。車外的雨和車內的恬靜都特別催眠，晚江不久也睡著了。

她驚醒時雨已停了。雲霧在上升，有些要出太陽的意思。已經八點五十分了，她趕緊推開車門。九華睜開眼，正看見母親在車外跟他擺手道別。他馬上拿起盛豆漿的保溫瓶，向她比劃。她笑了笑，搖搖頭。母親兩鬢掛著濕頭髮，濕透的衣服貼在身體上，顯得人也嬌小了。

晚江跑回去時，心裡想，這不難解釋，就說雨太大，躲雨躲到現在。海邊沒有了瀚夫瑞。晚江便直接回家。家裡車庫開著，瀚夫瑞的車上滿是雨珠。禮拜六，不必送仁仁上學，他開車出去做什麼？她發現車門也沒鎖，歡迎打家劫舍似的。她沒有多想，走了進去，捺一下自動開關關上車庫門，一轉臉，見瀚夫瑞拿一塊浴巾下樓來。他褲腿濕到膝下，肩頭也有雨跡。晚江說：「你先回來啦？看你不在，我還有點慌呢。」

瀚夫瑞看一眼她透濕的衣服和鞋，說：「你要感冒的。」

他打開浴巾便去擦車身上的雨水。晚江上去，打算把擦車的活接過來。他卻說：「去洗澡換衣服吧。要感冒的。」他慢慢下蹲，擦著車下部，又慢慢站直。他感覺到晚江在看他下蹲、起立時的老態，再一次下蹲時，他加快了動作，儘量靈便，但一隻手慢慢撐住牆。

晚江說：「我在砲樓裡躲了一會兒雨，又怕你著急，乾脆不躲了，就跑回來了。」

瀚夫瑞弓腰時險些失去平衡，人輕微向前一栽。他怕晚江又要說「我來」，趕緊對她說：「快去洗澡吧。」

晚江問：「你剛才開車出去了？」

他說沒錯。

晚江想等他主動告訴她，他一早開車去了哪裡。他只是專心擦車，讓話頓在那裡，又讓停頓延長。她只好另開一個頭，說：「在砲臺裡躲雨有點害怕呢。」他猛一個起立，膝蓋「劈啪」地響。「那砲臺裡有點陰森森的。」她又說，自己恨自己：有什麼必要呢？這樣訕訕的。

「我回來的時候，車庫門大開，車門也沒鎖。」

瀚夫瑞說：「我忘了。」

他怎麼可能忘了鎖車呢？他那麼愛他的車。晚江一整天都在想瀚夫瑞的反常。仁仁有兩個女同學來串門，把食品和飲料全拿到她臥室去吃喝。她們把門關得嚴嚴實實，裡面傳出悶悶的搖滾。午飯之後，仁仁跑到地下室，向蘇借卡美哈米亞和黑貓李白。之後仁仁臥室的門又緊閉了。其間有三個電話是打給仁仁的，瀚夫瑞去敲女孩的門，仁仁說她不接電話。瀚夫瑞叫晚江進去看看，女孩們是否在吸毒。

晚江端了一盆水果沙拉，敲開門，見三個女孩全瘋得一頭汗。黑貓在一個白種女孩懷裡熟睡，仁仁和另一個亞洲女孩在哄鸚鵡開口。白種女孩眼珠上戴了紫色隱形眼鏡，仁仁和另一個亞洲女孩以同樣方法把眼珠變成了綠色。她們每人都塗了發黑的唇膏。女孩們一副公開的不歡迎姿態對晚江道了謝。

晚江退出來，發現瀚夫瑞在樓梯口站著，臉色很難看。他問晚江是否發現了疑點，比如空氣中的大麻氣味。晚江告訴他，女孩們不過是塗塗唇膏，改了改眼睛顏色。瀚夫瑞冷冷一笑，說那都是幌子，女孩們躲在浴室裡吸大麻。這時從仁仁臥室突然傳出警車的長嘯，淒厲之極。瀚夫瑞快步走過去，使勁敲門。裡面笑聲譁然而起。瀚夫瑞叫起來：「仁仁，給我開門。」笑聲越發地響，警車也鳴叫得越發淒厲。瀚夫瑞紳士也不做了，猛力推開門，見三個女孩躺在地上大笑，鸚鵡微仰起頭，「唔——唔」長鳴。黑貓李白半睜眼，露出兩道金黃色目光。

晚江不由得也笑起來。這隻鳥的前主人住在貧民區，警車頻繁過往，它便學會了模仿警笛聲。

瀚夫瑞有些下不了臺。他愣怔一會，對仁仁說：「請同學們回家吧。」

仁仁一下子止住笑，問道：「為什麼？」

「不早了，Party可以結束了。」

仁仁望著老繼父，又說：「才六點鐘啊。」

瀚夫瑞說：「可以結束了。」

「為什麼？」女孩從綠色隱形鏡片後面看著微微發綠的瀚夫瑞，「我們又沒惹誰。」

瀚夫瑞和仁仁的對話使兩個做客的女孩兩面轉臉。她們不懂他們的中文，卻大致明白兩人開始了爭執。「嘗一嘗大麻是可以的，但不可以過份。換了我，我不會把抽大麻看成很酷。我也不會用我的屋招待別人抽大麻。」

仁仁說：「我沒有在我屋裡招待她們抽大麻。」

「我更不會請她們在浴室裡抽大麻。」

仁仁要激烈反駁，卻突然喪失了興致。她用英文低聲說：「得了，愛說什麼說什麼吧。」

瀚夫瑞給她這句話深深刺痛。他知道天下少女都愛刺痛人，但這記刺痛來自仁仁，他還是有點意外。瀚夫瑞很快克制了自己，替女孩們掩上門，終究沒有失體面，退場退得十分尊嚴。晚江想，他這生打輸的官司不多，即便輸，也是這樣板眼不亂，威風不減。

從關閉的門內又傳出鸚鵡學舌的警笛聲。卻沒有笑聲了。人來瘋的鸚鵡感到無趣了，叫到半截停了下來。不久，女孩們的母親開車來接走了她們。

吃晚飯時，瀚夫瑞很平靜，也很沉默。仁仁不時偷看他一眼。開始她還不動聲色，臉色雪白，女烈士般的堅貞。漸漸地，她發現瀚夫瑞的平靜是真心的，不是為跟她鬥氣而裝出來的。女孩挺不住了，在晚餐結束時說：「對不起，我說了謊。」

瀚夫瑞說：「這我理解。」他喝了一口加冰塊的礦泉水。「換了我，我也會撒謊。撒謊是因為心裡的是非還很清楚，對不對？」

仁仁看著他，不吭聲。

「撒謊就證明一個人對自己的所為有所害羞。」瀚夫瑞說，「換了我，我也會硬說自己沒抽大麻。」

晚江正收拾碗碟，見蘇從地下室上來了。她端著一個盤子，裡面擱一塊血淋淋的牛肉。她拉開微波爐的門，動作幾乎無聲。然後微波爐裡微弱的燈亮了，照在作響的牛肉上，血冒起豐富的泡沫。粉紅色泡沫溢出盤子，流淌在玻璃轉盤上。幾分鐘後，蘇的晚餐已就緒。她一向把鹽和胡椒往肉上一撒，就開吃。刀叉起落，盤中一片血肉模糊蘇也嚼得香，嚥得順暢。晚江見她騎坐在酒吧高凳上，臉還是昨天洗的，枯黃的頭髮遮去一半五官。蘇隔著玻璃門聽瀚夫瑞和仁仁對話，同時切下一塊看去仍鮮活的牛肉擱進嘴裡。她咀嚼得十分文雅，還有瀚夫瑞栽培的閨秀殘餘。她的刀叉也是雅靜地動，閃出瀚夫瑞的理想。晚江從她身邊走過，看見燈光在她面頰上勾了一層浮影，很淡的金色。那是蘇過長的鬢角，也可以說，蘇是暗暗生著絡腮鬍的女子，只是那髯鬚顏色淺淡，得一定的燈光角度才使它顯現，蘇很少接受邀請參加家庭晚餐，她想什麼時候晚餐就什麼時候晚餐，想吃什麼就吃什麼。

廚房一股稠釅的血腥。瀚夫瑞一時想不起這股氣味是怎麼回事，便在心裡蹊蹺一會兒。這時他一眼看見正要溜出廚房後門的蘇。她打算從後院樓梯進入地下室。

「蘇。」瀚夫瑞叫道。

蘇茹毛飲血地一笑。她穿一件寬大的T恤衫，上面印著「變形金剛」，幾年前它大概穿在一個大個頭男孩身上，下面是件大短褲，打兩隻赤腳。這幢豪華宅子裡一旦出現垃圾：帶窟窿的線襪，九角九分的口紅、髮夾，或霉氣烘烘的二手貨毛衣、牛仔褲、T恤，一定是蘇的。

「你有一會兒工夫嗎？」瀚夫瑞問道，「我可不可以同你聊兩句？」他看著這個女子。她是他白種前妻的女兒，多年前一個天使模樣的拖油瓶。瀚夫瑞一年見不了蘇幾次，見到她他總會有些創傷感：白種前妻情慾所驅，跟一個年紀小她十歲的男人跑了，把六歲的蘇剩給了他。前妻偏愛路易，同他打官司爭奪兩歲的路易，但她官司輸掉了，把路易輸給了瀚夫瑞。就是說瀚夫瑞生活中有一片創傷，以蘇為形狀，同蘇一樣靜默的創傷。

蘇說：「當然，當然。我沒事。」她知道瀚夫瑞怕看她的頭髮，趕忙用一隻手做梳子把長髮往後攏了攏。其實從路易扔掉了她的梳子，她迄今沒梳過頭。

晚江心裡一緊張，一只不鏽鋼勺子從她捧的那摞盤子裡落出來，敲在大理石地面上。

「你現在在哪裡工作？」瀚夫瑞問道。

「在寵物商店啊。」蘇說。

瀚夫瑞看著她喝酒喝變了色的鼻頭。這鼻頭更使蘇有一副流浪人模樣。這時仁仁走出餐室，晃晃悠悠提一只空了的礦泉水瓶子和細亞麻盤墊，見瀚夫瑞和蘇的局勢，向晚江做個鬼臉。

「哪一家寵物商店？」瀚夫瑞問。

「就是原來那一家。」蘇答道。

瀚夫瑞不知從哪裡摸出一張紙片，朝蘇亮了一下。

「這是一家寵物醫院。那位女獸醫說，你明天不必去上班了。」他把那張小紙片往蘇面前一推。

蘇的臉飛快地紅起來。紅的深度依然不及鼻子。

晚江輕手輕腳地沖洗盤子。仁仁輕手輕腳地將一只盤子擱入洗碗機。

「事實是，你早就不在原先那家寵物商店工作了。對不對？」瀚夫瑞說。「我並不想知道他們解僱你的原因。因為原因只會有一個。」蘇慌亂地佝著頭，兩隻赤腳懸在凳子與地面之間。人在侷促不安時不應該坐在高腳凳上。像蘇這樣上不挨天下不沾地，更顯得被動和孤立。晚江涮著一只炒菜鍋，仁仁已張開毛巾等著擦乾它。兩人都在走神。或說兩人聽酒吧這邊的談話正聽得入神。

「那麼你在這家寵物醫院，每天工作幾小時？」

「我根據他們的需要出勤。得看寄宿的寵物多不多。有時三個狗員都忙不過來。」

蘇說，「比如上個星期，我上了六十幾個小時的班。」

瀚夫瑞不做聲。他一不做聲，你就更迫不及待地想說話，想辯白。她說她對不住瀚夫瑞，但她不是有意要瞞他的。她每天都想告訴他，但每天都錯過了同他的碰面。她說她感謝他主動提起這件事。瀚夫瑞仍不做聲。他的沉默進一步刺激了她，使她更加饒舌，也就使她的饒舌更顯得多餘和愚蠢。她說其實她並不在意失去寵物商店的固定工作，因為她更喜歡遛狗員的差事，前者她更多地同人打交道，而後者她只需和動物們打交道。和動物們打交道時你會意識到世界是多麼省事。動物讓你感到人是多麼冷血多麼虛偽多麼可憎。瀚夫瑞就那樣靜靜的，臉上有點被逗樂的神情。她終於意識到這樣說下去會收不了場，便神經質地一下子停頓下來。之後，她又說：「希望你能原諒我，瀚夫瑞。」

「原諒你什麼？」瀚夫瑞怔怔的，似乎不知道他有那麼大的權威去原諒誰。

「原諒我撒謊。」蘇說。

瀚夫瑞站起身，手按了按蘇的肩膀。他走出去半晌，蘇才又重新拿起刀和叉，「沙啦沙啦」地在瓷盤上拉著冷掉的肉。

晚江對仁仁使了個眼色。仁仁不動。她的眼色狠起來，女孩向客廳走去。客廳裡傳來仁仁和瀚夫瑞的對話，沒人能聽見他們在講什麼，但誰都能聽出多麼知心。五分鐘後，仁仁的鋼琴奏響了。晚江知道女孩向老繼父討了饒。晚江把大理石地面上的水滴擦乾淨。她一邊擦一邊後退，以免再去踏擦淨的地面。她發現自己握拖把的手吃著很大一股力。她在瀚夫瑞跟蘇對話剛剛開始時，就明白了一切。瀚夫瑞在早晨做了什麼，她全明白了：他見雨大起來，便回家開了車出來，打算去她的長跑終點接她，卻看見晚江在破舊的小卡車裡和九華相依而眠。他為那份自我的淪落感而噁心；他們偏要搞出這種孑然而立、形影相弔的悲劇效果，難道不肉麻？他原想叫醒他們，但想到一場窘迫會把自己也窘死，便掉頭走開了。他決定以別人為例來點穿它。他一天都在借題發揮，指桑罵槐。

晚江想，隨你去指桑罵槐吧。揭出來，大家羞死。因為你制止母子的正常往來，你卻制止不了他們的暗中往來。對於一個母親，任何不爭氣的孩子都是孩子，都配她去疼愛。要說我的愛是野蠻的，獸性的，就說去吧。她只要還有一口氣，就有一份給九華的愛。你不挑明，好，你就忍受我們吧，你要有涵養，就好好涵養下去。

她收拾了餐室，腳步輕盈地走出來，對蘇揚起嗓子「Hi」了一聲。蘇暗自回頭，發現晚江猝然的好心情不是給別人而是給她的。她趕緊也「Hi」回去。晚江問蘇要不要來點湯。蘇想這女人今晚怎麼了。她說：好的，謝謝。晚江盛了一碗湯，放到微波爐裡，以食指在數碼上飛快地一掀，然後她一隻腳掌踮起，將自己旋轉起來，轉向蘇，笑了一下。她心裡還在說：你瀚夫瑞想做個高尚的人，永遠在理，就做去吧。

蘇也趕緊還個笑給她。晚江把熱得滾燙的湯端到她面前，然後兩手就去捏耳垂，腳還小蹦小跳的。蘇心裡想，她從來沒發現這個女人如此年輕。晚江拉開抽屜，拈起一個湯匙，遞給蘇。蘇從來沒受過人這般伺候，覺得馬上要累垮了。她趕緊去對付湯，一圈一圈攪動，要攪到合適的溫度，免得喝出聲響來。晚江卻笑起來，說喝中國湯溫度是滋味之一；沒溫度就少了一味，滋味好，你嘴巴儘可以熱鬧。晚江心裡仍沒有休止：你瀚夫瑞要做君子，那你就好好看小人表演吧。

「蘇，你以後一定要來吃晚飯。多一個人吃飯，我也好有藉口多燒兩個菜！」

蘇想，別管真假，先答應下來再說。她熱情地喝著湯，一縷淺黃的頭髮在湯面上掃來掃去。

「你答應了？」晚江的手指住她。

蘇馬上連說謝謝。蘇的流浪天性在此刻全在她眼睛裡。那是一雙焦點不實的眸子，有些褪色。你認真同她說話，她會努力對準焦距。

那天晚上路易下晚班回來，對談笑著的晚江和蘇非常驚訝。晚江高高坐在吧凳上，地板上堆了一堆毛衣、線衫、T恤，一看就是晚江和仁仁穿剩的。蘇正套了一件仁仁的少兒絨衣，上面印了隻金黃刺眼的Twitty Bird，腿上是晚江的緊身褲，緊得隨時要爆炸。他嘴裡向她倆問候，眼神卻很不客氣：你們倆為了什麼樣的無聊目的走到了一起呢？

5

每次晚江做雞尾酒會餐，她僱用兩個男學生，兩個女學生。其中一個男學生是南美人，在一家私立的廚藝學院讀書，指望將來成個科班的法國廚子。他領導四個僱員的服飾潮流，以及表演臺風。四個年輕僱員一身白衣，頭戴白色廚師帽，天鵝一樣高傲地在上百人的酒會中去游。

晚江很少到前臺亮相。她只是把事先準備好的食物塞入烤爐、蒸籠。她的紫菜蒸三文魚是要到現場做的。她信不過超市的魚，同一個魚行直接訂貨，魚都是當天早晨的捕獲。她將魚切成條，直徑銅板大小，再以大張的紫菜將它裹住，用糯米漿封住口，一個卷筒形成了。再把它截成六七截，擺到籠屜上。

瀚夫瑞見晚江一綹頭髮掛下來，她「呼」地吹開它。她做事的樣子非常迷人，手勢、眼神、腰枝，都像舞蹈一樣簡練而準確，沒有一個步伐、動作多餘。她用小型榨碎機絞出鮮檸檬漿，再對些淡色醬油進去，便是紫菜三文魚的作料。他瞄一眼手錶，整個過程才十分鐘。假如說晚江是這場酒會的主演，她的表演惟有瀚夫瑞一個人觀賞。惟有他有如此眼福看晚江舞蹈著變齣戲法：鮮蘑一口酥，雞汁小籠包，羅漢翡翠餃，蕎麥冷麵。瀚夫瑞想，這個女人怎麼如此善解人意？她很快把菜做得這樣新潮；她已基本不用豬肉和牛肉了，所有的原料都是報刊上宣揚的時尚食品，都讓人們在放縱口腹之欲時，保持高度的健康良知。薄荷雞粒登臺了。一片片鮮綠的薄荷葉片上，堆一小堆雪白的雞胸顆粒。這場操作有幾百個動作：將預先拌好的雞肉一勺勺舀起，放在兩百片薄荷葉子上。換了任何人做，失手是不可避免的，而一失手就會使節奏和動作亂套，一切就成了亂仗。而晚江像對前臺的一百多食客毫無知覺，那一百多張嘴連接起來是多長一條戰線，她毫不在意；她只做她的。閒閒地一勺一勺地舀，一片葉子一片葉子地填，以一擋百，一個打錯的靶子都沒有。

瀚夫瑞在晚江結束這道菜時深喘一口氣。是替她喘息。她兩手撐著葉子，眼盯著下一道菜，似乎在定神，又像是戰前目測行動路線。她穿白色棉布短袖衫和淺藍牛仔褲，一個清爽的野餐形象，瀚夫瑞想。即使是手把手去教，那些主婦一生也學不成晚江這樣。你看她此刻兩眼茫茫的，但譜全在心裡；或許更玄，她心裡都沒準譜，一舉一動，就全成了譜。

晚江從五年前打起招牌，做此類食品堂會，生意不旺，也不冷清，一個月總要開張一兩次。瀚夫瑞替她管賬，包括分發僱員工資。每次結賬，她剩不了多少錢，最好的時候只能有千把元收入，但每做一次，她都標新立異。你會覺得一百多名客人都是陪她玩耍的，她要看看自己的惡作劇在他們那裡的反應。

偶爾會有客人對預科法國廚子讚美菜餚的美妙。預科大師傅便略一頷首，模稜兩可地認領了原本屬於晚江的讚美。他本想從晚江那裡學幾手，或者索性偷幾手，卻發現她路子太野，隨心所欲，甚至撲朔迷離，因而任何的菜餚都不易重複。對於難以重複的東西，都是缺乏科學的；科學的第一項特質就是可重複性，預科大師傅對於晚江缺乏科學的廚藝，便從此一笑置之了。

這時預科大師傅給兩位五十來歲的女人纏住，要他供出做這些菜餚的絕招。她們逼得他無奈，只好承認這並不是他的廚藝。預科大師傅把晚江從廚房裡領出來。晚江一身一臉的閒情逸致，朝兩位上流婦人淺鞠一躬。

她抬起頭，看見觀眾裡多了一張面孔。兩位婦人身後，站著洪敏。一剎那間，她感覺這張面孔變了太多，五官都有些發橫，個頭也不如記憶中碩長。十年帶走了他身上和臉上的不少稜角，給她的第一印象是圓滑。人的外形也會是圓滑的。這圓滑便是一種蒼老。她也在洪敏眼裡，看到相仿的感嘆。他也穿越了陌生和疑惑，終於認定了她。

她笑了笑說：「哎呀，你怎麼在這兒？」

「嗯。」他也笑一下，「你行啊，做菜成大腕兒了。」晚江對他的用詞似懂非懂。其實他和她對於彼此都在似懂非懂當中，因為這時分，對某句話、某個詞彙的具體理解，變得次要了。

晚江向兩個熱心的婦人道了歉，硬是撇下她們，走到洪敏跟前。她眼圈一紅。他的笑容撐不住了，面容頓時變得很難看。她把兩個拇指插在牛仔褲兩側的兜裡，成了個手足無措的女中學生。他告訴她，他偶然聽到夜總會一位女會友提到晚江；女會友只說有這麼個中國內地來的女人，做菜做得很棒，中、西共賞。他就猜到了晚江。他便設法混進了這個酒會。

「你真是的，我一點都沒想到你會在這裡。剛才嚇死我了。」晚江說。她手一抹，橫著揮去兩顆淚珠。

她一旦開始用這種鬧脾氣的語調說話，一切陌生、疑惑都過去了。洪敏以一個極小的動作，領她向門外走去。幾乎不是動作，是男舞伴給女舞伴的一個暗示。她跟著他走的時候，忘了瀚夫瑞還在廚房裡等候她。她只是打量洪敏，他穿一條卡其色的棉布褲子，一雙棕色皮鞋，上衣是件黑西裝便服，裡面襯著黑襯衫。打扮是登樣的，姿態也是好的，而太合體的衣服在一個男人身上，就顯得一點輕薄來。晚江自然不會這樣去想洪敏。她只是覺得他的打扮和一個夜總會交誼舞教員很吻合。

走過門口，幾個中年的亞裔女人同洪敏點點頭，也好好地盯了一眼晚江。她們的目光告訴晚江，她們是知道故事的人。

洪敏對其中一個中年女人說：「看著點；假如那個戴眼鏡的老頭過來，給我報個信兒。」他指的是瀚夫瑞。女人們笑嘻嘻地拍他肩打他背，大聲說：「放心吧，我們一定幫你纏住他。」

晚江顧不上她們有些骯髒的笑聲脆得刺耳。她只顧著看洪敏。一陣子的批評過後，她感到他是那麼順眼。在門外，他一伸手，拉住了她的手。

他們手牽手來到電梯後面一個死衚衕裡。走廊裡燈光照不進這裡，兩人再也無需相互打量了。晚江感覺洪敏的下巴抵在她額上。她便用額去撫摸這下巴，那上面刮臉刀開動著來回走，走了三千六百五十個早晨。她的額角撫出了他面頰上那層鐵青，很漢子的面頰。撫著撫著，晚江哽咽起來。

他觸摸到她兩個肩胛骨因哽咽而有的聳動。他開始搖她，想把她哄好。卻越哄越糟，她掙扭起來，抽出一隻手，在他身上胡亂地打。徒勞一陣，他就隨她鬧去了。她累了，由他抱著她，歇在那裡。兩人全失神地站著，呼吸也忘了。他慢慢從衣袋裡拿出一包紙巾，抽出一張，塞給她。她的手痲痺地拿著紙巾，不知該用它做什麼，他只好把她的臉扳得稍稍朝向走廊的燈光，拿紙巾把她臉擦乾。他感覺她下巴在他掌心裡抽搐得很兇。

他輕聲說：「你剪短頭髮很好看。」

她想，這句無聊到家的話什麼意思呢？她說：「難看你也得看。」

他本來想說：要不是我硬來，還不知道哪年哪月才見得到你。但他知道這話講不得，此類話在眼下的情形中萬萬講不得。「你怎會難看？你要想難看還得費點事。」

「你心想，她還不定老成什麼樣呢。」她說。心裡不是這句話，心裡是：多虧你橫下心，不然我是下不了決心見你的。她也明白這類話不能說出口，說出口，他們就真成了同謀。十年前，他和她完全是無心的，他們當時沒有任何謀劃的意思。若把那類話吐出口，他們便再也清白不了了。蒼天在上，他們當時半點陰謀也沒有。而這十年，卻祕密地成了他們的埋伏期。

晚江的面頰貼在洪敏胸口上。他的氣味穿透了十年，就是他送走她那個早晨的氣味，是那個掛美麗窗簾的簡陋小屋的氣味。這氣味多好，永不改變，用什麼樣的廉價或昂貴的香水，都休想更改原汁原味的洪敏。戒菸也是無用的，晚江能嗅出他的一切癖好、惡習，嗅出他少年受傷的膝蓋上貼的虎骨膏藥，以及他每一次在分房落選後的爛醉。

洪敏抱著她。他們的個頭和塊頭一開始就搭配得那麼好，所有凸、凹都是七巧板似的拼合，所有的纏繞、曲與直，都是絕好的對稱體。她生來是一團麵，他的懷抱給了她形態。他在她十七歲、十八歲、十九歲時，漸漸把她塑成；從混沌一團的女孩，塑成一個女人。他想得遠去了：北海那些夜晚。他和她的新婚洞房什麼也避不開，兩個女室友的眼睛裡，你看得見她們又讒又飢渴的好奇心。他們的新婚之夜在北海公園裡，那年的大半個夏天，他和晚江的兩件軍用雨披，就是營帳。九華的生命，就在其中某個夜晚悄然形成。

「仁仁好嗎？」洪敏的氣息在晚江耳朵邊形成字句。

他感覺到她點點頭。她點頭點得有些負氣，認為他這句話問的不是時候。她的負氣他也感覺到了。因為他在躲她。他不能不躲，這是什麼地方。

「真想看看這小丫頭。」

晚江又點點頭。想想不對，再搖一搖頭。

女人賊頭賊腦地四下望著。洪敏趕緊走出去。她馬上打量一下他和陰影裡的晚江，說：「不得了，戴眼鏡的老頭找她找瘋了。」女人手指著晚江。「他先跑到女洗手間，在門口等了十多分鐘。」

晚江一點力氣也沒有了。她痲痺地站著，任五十歲的女人給她理頭髮，塗口紅。女人邊忙碌邊用眼角擠出勾結意味的笑。她又掏出一個粉盒，囉哩囉嗦說晚江面孔上的妝早到洪敏臉上去了。

晚江就那樣站著，任人擺布。洪敏和她隔著這五十多歲的女丑角，相互看著，眼巴巴的。直到兩天過後，晚江才聽懂洪敏那天晚上最後一句話。他說他要去看仁仁。如果沒法子，他就去她學校看她；放心，他能打聽出她的學校，整個舊金山，有多少私立女校呢？

仁仁下午上完芭蕾課，去淋浴室淋浴。晚江替她吹乾頭髮時，突然捺熄了手裡的吹風機。她的手梳著女孩微削了髮梢的頭髮。仁仁跟所有女同學一樣染了頭髮，但色彩很含蓄，上面略淺的幾縷只強調頭髮的動感。晚江想，氣氛是對的，合適於母親跟女兒咬耳朵。她說：「仁仁，有個人想見見你。」

仁仁回過臉看母親一眼。她臉上沒有「誰？」她知道誰想見她。

「你爸爸想見你。」晚江想勾起女孩的好奇，想吊起女孩的胃口，卻失敗了。「你不想見見你親生父親？他來美國兩年了，一直想見你。那天他打電話，是你接的。他一聽就知道是你。你一句中文都沒講，他也一下子聽出你的聲音了。」

仁仁說：「我知道。」

「你也聽出他的聲音了?」

仁仁又側過臉看她一眼。她的眼光有點嫌棄，似乎想看母親在瞎激動什麼。她這個年紀的女孩覺得性也好，愛也好，都不該有四十歲以上女人的份了。她回答得很簡單，並用英文。她說她得考慮考慮，有沒有必要見一個她並不記得的父親。晚江愣住了，漸漸有了羞辱感，然後，創傷感也來了。她說一個人怎麼可以不要自己的父親?仁仁說誰說不要父親?瀚夫瑞是父親的典範。

晚江張一下嘴，話卻沒說出來。她吞回去的話很可怕:你小小年紀，不要有錢便是爹有奶便是娘。但她馬上發現，咽回去的話仁仁也懂。仁仁老三老四地說人大概不能選擇母親，但能選擇父親，父親是晚輩的榜樣，是理想。最重要的，對父親的認同，是人格認同。她用英文講的這些話。晚江覺得這女孩一講英文就變得討厭起來。

仁仁從晚江手裡拿過吹風機，自己接著吹頭髮。她在這點上也和其他美國女孩一模一樣，擺弄頭髮的手勢非常好。

晚江一直想不出反擊女兒的詞句。仁仁突然停下吹風機，給母親下馬威似的來了兩秒鐘沉默。然後她問母親，是否打算把這件事瞞住瀚夫瑞。晚江問:什麼事?女孩可憐她似的一笑：什麼事？你生活中存在著另一個男人這樁事。仁仁的樣子鋒利起來。晚江感覺瀚夫瑞那雙看穿人間所有勾當的眼睛通過仁仁盯著她。她對著十四歲的女孩畏縮一下。

仁仁說：「你們這樣胡鬧，總有一天要闖大禍的。瀚夫瑞總有一天會知道。」

「他知道又怎麼樣？」晚江大聲說，惱羞成怒，面孔漲得通紅。

女孩聳了聳肩。她的意思是，好了，不要背地裡英勇無畏了——不怕瀚夫瑞知道？那你們幹嘛偷偷摸摸打電話？

晚江理屈詞窮地瞪著女兒。她想她怎麼落到了這一步，讓這個小丫頭來審判她。在沒見洪敏之前，她對小丫頭全是袒護。她不知道自己怎麼會一股腦全不要了當初的立場，那個「揍」字在她右手心上癢癢。

仁仁說：「媽，我們走吧。」她用她慣常的語調說，還保留了最後一點奶聲奶氣。仁仁的眼睛裡，有一種疲憊。是早熟的少年人的疲憊。這眼神往往給女孩掩飾得很好，百分之七十的時間，她是不成熟的。此刻，她疲憊地一笑。晚江覺得她讀懂了女孩不便點明的話：瀚夫瑞是多疑的，他實在看了太多的人世間伎倆，他太認透人了，因而太有理由先從負面去想人。瀚夫瑞親手辦過的移民官司，絕大多數含有陰謀。那些相互榨取利益，相互利用弱點，最終要麼犧牲一方，要麼兩敗俱傷的陰謀。

6

星期六上午是個夏天。舊金山的夏天不是論季的，而是論天的。夏季不存在，夏天有幾日是幾日，在海風吹冷它之前，在霧上岸之前，有一會兒暖和或暑熱，就算夏天了。人都珍惜以日計的盛夏，在太陽把溫度曬上去的下午，全晾開自己的背、腹、四肢，在公共草地上躺成粉紅的一片。偶然有警車「嗚嗚」地過去，一定哪裡出現了全面晾曬自己的人，一絲不掛地過足太陽癮。

滿院玫瑰花也是赤裸裸的。玫瑰不應該這樣啊，晚江心裡想，玫瑰怎麼成了葡萄，一嘟嚕一嘟嚕結得那麼臃腫。

從她的視角看去，仁仁像是躺在玫瑰上。她穿一條牛仔短褲，上身的背心和褲腰銜接不上，留出兩吋寬的間隙。仁仁的肚臍眼縫這樣的氣候是必須見太陽的。女孩平躺在石頭廊沿兩吋寬的扶手上，胸口上擱一小籃草莓和一碟煉乳。她拾起草莓的蒂，在煉乳裡蘸一下，然後提起來，等煉乳滴淨。在她等待煉乳一滴一滴落入碟子時，她嘴脣微啟，像是等不及了。也似乎她就是要饞一饞自己，把自己當小狗小貓逗一逗，逗得饞勁實在按捺不住，嘴巴要朝草莓撲上去了，她才一鬆手指，讓草莓落入她張開的嘴裡。這個回合還不算完，手指又一次扯住草莓，把它從齒縫裡扯出來，再讓它懸在半尺之上，繼續挑逗她自己。女孩真會跟自己玩啊。

太陽照著仁仁的身體，幼芽一樣茸茸的四肢虛在光線中，隨時要化進這個燦爛的下午。她咀嚼時閉上眼睛，呼吸深極了，嘴脣仔細地抿住一包淺紅的果漿，太陽裡看，她的嘴脣也是一種多汁的果實，快要成熟了，漿汁欲滴。一個裹了煉乳的草莓有那麼好的滋味嗎？在仁仁那裡，它的滋味好得要命。不是純甜的，有一絲酸和鮮果特有的生澀，使她渾身微妙地一激靈。

吃草莓的女孩。路易從仁仁身邊走過，腳步放輕也放慢了。他抱著一大包烤肉用的木炭，走下石頭臺階。他將炭灰從爐子裡清出來，灰白的粉末飛揚著，給太陽一照便不安分起來。他再一次去看吃草莓的女孩。對別人來說，她就是那顆汁水欲滴的草莓，人們可以拿視覺來嘗她。也不純甜，帶一股微酸和生澀。路易也微妙地激靈了一下。

他想起得把陳炭灰清理掉，便返身上臺階。他走近仁仁時，腳步又放慢，又放得很輕。他眼睛裡的仁仁，滋味好得要命。仁仁聽見他走過去，又走過來，她眨了眼朝他笑笑。路易卻沒有笑。

蘇的兩隻貓不知到何處串了門，這時回來了，臥在烤肉爐附近。兩隻貓，卻共有七條貓腿，雄的那隻一條腿殘了，卻不耽誤牠跑也不耽誤牠跳。

仁仁喚了一聲，三腳貓跳著華爾茲竄到她懷裡。她讓牠臥在她胳肢窩裡，長毛簇擁她的脖子和面頰。路易想，誰不想做這隻貓呢？誰都想做這隻奴顏婢氣的貓，給女孩一份最好的愛撫。

晚江這時拿著笤帚和簸箕走出來。她一眼看見路易。她看見他那隻深棕色帶綠影的眼睛那麼入神。兩個黑中透綠的眸子蒼蠅一樣叮在仁仁身上；「蒼蠅」帶一線細癢和潮濕，在女孩的肚臍眼周圍慢慢爬動，往上爬一爬，再往下。晚江頓時悟出了什麼——

在五年前路易的畢業大典上，他眼睛朝著她的那個發射：那意義含混因而意味深長的一瞥目光，那去除了輩分、人物關係的一瞬間。晚江順著它理下去。她發現五年來她和路易的每一次相顧無言，每一個無言而笑，都串連起來，一路牽到此時此地。五年前他那瞥目光竟是深深埋下的定時炸彈，導火索暗中牽過來，終於給點著了。仁仁是朵火花，在導火索梢頭上滋滋燃起。她在五年前感到的危險，始終暗縮在那裡，而此刻卻給這火花照亮了。這個突然的、醜惡的危險。一個乍著長鬃毛，長墨綠眼睛的危險。仁仁對著牠的獸臉睒眼一笑。純粹小賤貨的微笑。晚江心裡一陣漆黑；她五年前收養了那隻幼獸，五年裡她不知不覺地在餵養牠。牠終於露出原形，已是膘肥體壯、生猛醜怪。這隻叫做「天倫」的大獸。

晚江引火燒身地叫了一聲「路易」。

路易怔了怔。魂魄回來了，他又還原成了英武的路易。「你幫幫我呀。」晚江做出拿不動那些炭灰的樣子，身子斜出去，胯支得老遠。這樣的嗲許多年前就從仁仁身上蛻去了。

路易忙走上來，接過她手裡的簸箕。手跟手相遇，熱熱地錯過、相離。這類觸摸像那些目光一樣深奧，講著它們自己的對白，成了一種只在他們之間流通的語言。這語言不可詮譯，心靈與肉體卻都懂得。

「你們想照相嗎？」路易用漢語說道。他很少說中文，僅拿中文來出洋相；他若想做活實就說中文。而眼下他一本正經，沒有一點耍猴的意思。

「我們不想照相。」仁仁把路易五音不全的中文照搬過來。

「那你們想幹什麼？」路易沒意識到仁仁在取樂他，或意識到了也不介意。

「我們就想無聊。」仁仁又說。

晚江笑出聲來，遠比仁仁天真無邪。路易卻很快端出相機來。他拍照比進靶場打靶還快，對準仁仁一陣猛掃。

「給我留點那個。」他不會說「草莓」。

晚江在一邊說：「草莓。」

他轉過相機，對準晚江。他學舌地：「草莓。」他說成一個陰平，一個陽平。

晚江通過相機對他笑。她要把火力從女兒那裡吸引過來。她豁出去了，命也不要地笑著。

路易趕緊把相機挪開，看看他的繼母怎麼了。她看著他，意思是：怎麼，這個笑還不夠花痴嗎？他馬上又把臉藏到相機後面，一時間焦距亂七八糟。他把晚江的臉拉近，更近，近到了很放肆的地步。他身體深處有靜默的呻吟。他生命的一半，是亞洲的，和這女人相同。他就把她拉到自己跟前，好好地對照那一半相同。這就是了，他身上稍深的一層膚色，稍細膩的那些肌膚；那些黑色的毛髮。他的黑色毛髮，便也是她的。

路易走過去，手扶了扶晚江的腰枝，說：「稍微轉過去一點。這樣，好的。」他的左手撐貼在她的上腹部，聲音沙啞。

她看他一眼。他馬上抽開手，目光掉落到地上。她笑了，笑的內容曖昧而複雜。只要你不去禍害我女兒，要我什麼都行。她和他之間反正有一萬種不可能。而他和女孩，下一分鐘就可能生出一萬種可能。她故意把身體擰得過了分，給他糾正她的餘地。他果然中計，手扳著她的肩，下巴。那手指上沒長毛，謝天謝地。是跟她相同的那一半使他有了亞洲人光潤的手。她看那手離她的胸只有兩吋。他和她突然來了個對視，兩人同時知道那隻手想做什麼。她穿的吊帶連衣裙極軟極薄，下面那具肉體的所有變化都一清二楚地投射在它上面——

路易一清二楚地看見了九華和仁仁曾經吮吸過的。

路易心裡一陣妒忌和羨慕。他沒有吮過那些圓圓的乳頭，多麼不公道。那兩個圓圓的突起就在咫尺，它們還在飽滿，還在膨脹。

「這樣行不行？」她知道他視覺的一部份逗留在她身體的哪一帶。

「這樣——」他的右手滑落到她腰和臀之間，左手將她右肩往後一推。

路易的氣息擁住晚江。他的氣息也沒有變。十年前她來到這家裡，他在上大學一年級。他的臥室空著，他的氣息都在那裡彌留。晚江記得那時路易是從來不出現的；每次寒暑假回來，他總花一半時間在睡覺，另一半時間出門，因而他和她的正面會晤，是在他的畢業大典上。路易的氣息十分年輕，和十年前一模一樣。晚江精通廚藝，因而她靠氣息去感知一切。她感覺路易的氣息在進犯她。

「你今天怎麼淨說中文呀？」她笑著問他。

「我有時在酒店裡也說。酒店裡每個月都會來一個中國代表團。」路易在相機後面說道，「我小時候，在美國人裡講中文，在中國人裡講英文。」他露在相機下面的半個面孔哈哈地笑起來。他不介意暴露自己有多麼譁眾取寵。

晚江看見另一隻貓也投奔了仁仁。貓對氣息更敏感。正如晚江能嗅出食物的鹹淡，鮮美與否，貓能嗅出人的善意、慷慨。兩隻貓不久就把舌頭伸進煉乳裡去了。仁仁就與貓共餐：兩條貓舌頭和仁仁捏草莓的手指起落有致、秩序井然，非常文明的一個小部落。

路易站在晚江對面，思考下面一張照片的畫面。他走神走得一塌糊塗。晚江得逞了，她要的就是這個。她抬起雙臂挽頭髮，問路易是否可以來一張髮型不同的。路易看她一眼，有點招架不住地笑一下。他突然看見蘇的地下室窗臺上有一堆橡皮筋，送報人捆廣告用的。蘇攢一切破爛。他取了一根紫色橡皮筋，遞給晚江，要她用它固定頭髮。兩人在此時對看一眼。

「你幫我吧。」晚江一轉身，給他一個脊背，「我手髒。」

他的手指膽怯地上來了。她感到他從來沒擺弄過任何女人的頭髮。手指頭是處子，動作又笨重又無效率。星星點點的疼痛來了，晚江兩手背向腦後，領他的路。

「以後給你女朋友幫忙，就會好很多。」

他的呼吸吹在她脖子上。頭髮下面，是一片涼颼颼的赤裸。他的手摸了一下她脖子。她不追究他是有意還是無意。給仁仁點燃的導火索暗中給轉了方向，晚江看那火花一徑朝自己爆來。

「我跟我女朋友吹啦。」他假裝大大咧咧地說。

「哪一位女朋友？」

路易一愣，又哈哈地笑起來。頭髮掙脫了他的手。

「說。哪一個啊？」

「我最喜歡的那個。」

晚江自己來攏頭髮。兩個胳肢窩亮出來，顯得那樣隱私，路易臉紅了。她見他臉紅，小腹根部一陣驚醒。路易說她這樣的神色很好，保持住它。他便向後退了幾步。他不能不退遠些，一身都是熱辣辣的慾望。晚江想，這個英俊的雜種還是純潔的。

路易要晚江把那個姿勢和神情固定住。他一直用長焦距把她往近處拉。誰也不必識破真實感覺，這些感覺是無人認領的。它們沒有名份；「無名份」可真能藏汙納垢啊。而路易和仁仁，卻可以有名份。那她晚江就慘了，輸掉九華，還要再輸掉仁仁。她最終連路易給她的這點無名份感覺都要輸掉。

車庫門的自動門關響了。路易和晚江同時鬆口氣：玩感覺就玩到這裡吧。瀚夫瑞回來了，帶回三個聖約翰大學的校友。他們剛參加了一個校友的葬禮。這是一年之內舉行的第三個聖約翰校友會葬禮。瀚夫瑞從不邀請晚江出席這類葬禮。他甚至不向她說明他的去向。她只是留心到他著裝的標準：一旦他穿戴起最考究的服飾，她就知道他出席校友的葬禮去了。她也明白一個規律，葬禮後瀚夫瑞總會把外地出席者帶回家來，敘敘舊，再吃一餐晚飯。

瀚夫瑞一身隆重的禮服來到後院，叫晚江準備一些酒和小菜。他說：「開那瓶三十年的 Merlot 吧。」

「少喝點酒吧，天這麼熱。」晚江脫口說道，同時她心裡問自己：我心虛什麼？一櫃子珍藏酒給偷喝光了跟我有什麼相干？

「他們難得來，我看至少要開一瓶三十五年的 Burgundy。」他走進餐室。她想，出席葬禮是有益的，讓瀚夫瑞這樣節制一生的人也瘋一瘋。「那也該是餐後喝啊。」她說，同時又是一陣不解：我操的什麼心？紙遲早包不住火。

卻不料瀚夫瑞同意了。他說：「好吧，那就晚餐之後喝。」他把拉開的酒櫃門又關上。

晚餐是露天的。後廊臺上擺開一張長形折疊餐桌，晚江在臺階下面的炭烤爐上主廚，路易和仁仁輪流做服務生，端菜、上飲料。兩人在臺階上相遇，總是相互損一句：走這麼慢，長胖了吧？誰長胖了？你才胖呢。我給你十塊錢，你去稱稱體重？我給你二十塊，你也不敢稱。

混血小子和女孩誰也不吃誰的虧，針鋒相對地挑逗。每完成一個回合，兩個臉上就增添一層光澤。

太陽還沒落盡。陽光裡，瀚夫瑞和三個老校友穿著隆重的禮服，談著五十年前的校園生活。一個校友染的黑髮黑得過份了，你感覺那黑色隨時要流下來。他講起學校的戲劇俱樂部，很快老校友你一句我一句背誦起莎士比亞來。瀚夫瑞臉油光光的，忽然叫住仁仁。

「How all occasions do inform against me. 下面呢，仁仁？」

仁仁塞了滿嘴的烤肉，看著老繼父。他們在說什麼她一句也沒聽見。

「她六歲的時候，這一整段都背得下來。」瀚夫瑞煽動地看著仁仁，「再提醒你一句，仁仁——And spur my dull revenge. 想起來了吧？」

仁仁垂下眼皮，下巴卻還翹著。她不是記不得，而是不想配合。她也不知道這一刻的對立是怎麼回事。她覺得母親在烤爐前懸著身體，吃力地聽著餐桌上的反應。

「What is a man」染黑髮的老校友進一步為仁仁提詞。他的英文講出許多小調兒來。

仁仁把嘴裡的食物吞嚥下去，迅速做了個白眼，又去瞪那老校友。這是她最得罪人的神氣，但老校友們都是給年輕人得罪慣的。

「不記得了？」瀚夫瑞說，「〈哈姆雷特〉嘛！」

路易專心地切下一片肉。他不忍去看瀚夫瑞的精彩節目冷了場。

「〈哈姆雷特〉？」仁仁終於開口了。她看見四個老年男性的臉包圍著她。母親一動不動，連烤肉架上的肉也靜默下去，不敢「吱吱」作響了。「If his chief good and market of his time be but to sleep and feed? A beast, no more.」仁仁背誦起來。

三個老校友聽著聽著，頭禁不住晃起來。他們心想，莎士比亞在這小丫頭嘴裡，是真好聽啊；她的英文多隨便、自然，不像瀚夫瑞，稜角是有的，卻是仔細捏出來的。三個人一齊給她鼓掌。仁仁給路易一個鬼臉。

瀚夫瑞想把得意藏起來，卻沒藏住，嘴一鬆，笑出聲來。笑完他說：「小的時候念得比現在要好。再來一遍，仁仁。『A beast, no more.』」

仁仁儘量念出瀚夫瑞的調子：「A beast, no more.」

瀚夫瑞玩味一會兒，還是不滿足，要仁仁再來一遍。很快仁仁就念了六七遍。瀚夫瑞不斷地說，好多了，還差一點點就完美了。仁仁孜孜不倦地再念一遍。瀚夫瑞對三個老校友說，她小的時候，每回想吃巧克力，就對他大聲背誦一段；小時候仁仁背得下來幾十段莎士比亞。老校友們一次一次把刮目相看的臉轉向仁仁。瀚夫瑞說仁仁六歲的時候，一背〈哈姆雷特〉就會皺起小眉毛，揚起小臉，背起兩隻小手。他喝得稍微多了一點，嗓門大很多，一滴油落在禮服前襟上。

「仁仁。來一遍。」瀚夫瑞說，「站起來呀！」

女孩看著老繼父，嘴微微張開，表情中的那句話很清楚：虧你想得出來。

「來呀。」瀚夫瑞催促道。

仁仁近一步瞪著老繼父：你吃錯藥啦？她臉上含一個噁心的微笑。老年人看慣了年輕人的這副嫌惡表情，一點也不覺得冒犯。三個老校友認為仁仁這時刻的樣子很逗樂，讓他們對瀚夫瑞油然生出一股羨慕：一個人有了如此年幼的女兒，就能沾些光自己也年輕年輕。

瀚夫瑞說：「仁仁你還記得小時候吧？是不是這樣背著兩隻手說：『A beast, no more.』」他轉向路易：「仁仁小時候是這樣吧？」

路易笑一下，不置可否。對他來說，仁仁從今年夏天才開始存在，準確地說，仁仁的存在起始於一小時前，從她躺在樓梯扶手上吃草莓的那一刻。

「你看，路易都記得。」瀚夫瑞對仁仁說。他把一塊烤肉從骨頭上剔下來，放到仁仁盤裡。女孩真成六歲幼童了，乖乖地接受照顧。「晚江啊，肉夠了，你來吃吧。」瀚夫瑞是個幸運的人，有年輕的妻子，年幼的女兒，怎樣也不該把他和葬禮上悼念的亡者扯到一塊去吧。他站起身，腳步有些蹦跳，骨頭也輕巧許多。

瀚夫瑞穿過廚房，走進餐室，站在酒櫃前，眼睛從一瓶酒掃向另一瓶酒。他想取一九六〇年的Louis XIII，又一想，不要那麼誇張，給老校友們不祥的聯想。他拉開玻璃櫃門，手去搆一瓶一九七九年的Singlemalt，卻又一陣遲疑，這樣的校友聚會有一次是一次了，下一次，今晚的四個人中，不知會少誰。想著，他滿身快樂的酒意消散了。這宅子中一旦少了瀚夫瑞，剩下的人照樣在暖洋洋的下午吃燒烤。他叫起來，對自己嗓音的失態和淒厲毫無察覺。「晚江！」

晚江趕來，停在餐室的玻璃門口。不必再提心吊膽了，不必去換個給那些像模像樣的空瓶撣灰了。十年了，也許更久，酒瓶們不動聲色地立正，同瀚夫瑞大大地開了個玩笑。她等著瀚夫瑞手臂一揮，把所有徒有其表的昂貴謊言掃到地上。

碎得玻璃碴子四濺，所有食烤肉的人來不及吞咽、瞪大眼睛、張著油亮的手指從院子跑進來，懷一個黑暗的猜測：不會這麼快吧？剛開完上一個追悼會。他們看見倒下的並不是瀚夫瑞，全在餐廳門口站成了「稍息」。

瀚夫瑞臉色灰白，踮起腳尖去搆櫃子最高一層的那瓶一八六〇年的Napoleon。他握了它，手像是在扼斷一個脖頸。也是空的。他把那空瓶抖抖地高舉過頭頂。晚江想，砸吧，砸吧，砸那個祖傳「雞血紅」花瓶，我也不拉你。瀚夫瑞卻尚未作好最終打算，要砸什麼。晚江提一句詞：「蘇大概不知道這些酒的價錢。」她看見瀚夫瑞嘴唇猛一收緊，酒瓶竟對準了晚江。

晚江把仁仁往背後一掖。母獸那樣齜起一嘴牙。她挑釁地盯著瀚夫瑞：來啊，朝我來，你這點力氣還有吧？只要三米遠，不，兩米，什麼就都碎了。碎了，大家也圖個痛快，也爽一傢伙。十年這鍋溫吞水，從來沒開過鍋，你一砸，大家不必繼續泡在裡面，泡得發瘟了。

瀚夫瑞又是一聲咆哮：「都瞞著我。全串通一氣，敗這個家。」他可是夠痛快，從來沒說過這麼人仗酒勢的痛快話。

仁仁這時說：「這事跟我可不相關。」

「你閉嘴。」瀚夫瑞居然跟仁仁也反目了。

「你閉嘴。」仁仁說。所有人都驚得心也少一跳。這女孩如此頂撞瀚夫瑞，痛快是痛快，後果是別想補救了。

瀚夫瑞從灰白變成紫紅，又灰白下去。他指著門口說：「你給我出去。大門在那邊。」

「我知道大門在哪邊。」仁仁掉頭便走，一把被徐晚江拉住。

「攆就一塊攆了吧。省得你犯法——攆十四歲的孩子到大街上，你犯法犯定了。」路易上來，一手拉一個女子。晚江劈頭就是一句：「拉什麼？今天味道還沒嚐夠是吧？瞅著嫩的，吃著老的，沒夠了你?!」她說一個詞，眼睛瞟一眼瀚夫瑞——我們母女出去了，你們父子慢慢去刑訓、招供吧。

路易沒有全懂晚江的中文，瀚夫瑞的老校友卻全懂了。這樣的好戲很難瞧到，他們掩住內心的激動，一齊上來拉晚江，說誰家都有爭吵泄火的時候，都有說過頭話的時候，都當真，誰家也過不成日子。晚江看看三雙滿是老年斑的手，都不比瀚夫瑞的手嫩。這些老手們捉住她的臂膀，又朝仁仁無瑕的臂膀伸去。她大叫起來一聲。人們沒聽清她叫了什麼。連她自己也沒聽清她叫的什麼。但人們放了她和仁仁。不必看，她感覺到瀚夫瑞在懊悔。你慢慢地悔吧。

「你們去哪裡？」瀚夫瑞問。

「去閤家團聚啊。」她嗔似的瞟他一眼，意思是，這還用問，我們在您肢翼下養了十年，自己的翅膀終於都硬了。

瀚夫瑞瞪著老、少兩個女子。他早就料到她們會有原形畢露的一天。瀚夫瑞，瀚夫瑞，你打了一生的官司，深知移民是世上最無情無義、最卑鄙、最頑韌的東西，怎麼竟如此敗在他們手裡？

「你好好想一下，」瀚夫瑞看著晚江，「走出去，想想怎麼再回來。」

「回來？」晚江凶殘而冷艷地一笑。

路易此刻已完全是父親的敢死隊了，兩手抱在雄厚的胸大肌上，面容是那種危險的平靜。

「回這兒來？」晚江的腳踏踏地板，碎玻璃顫動起來。她收住嘴，看人們一眼。意思是：饒了我，十年讓誰在這兒享福，誰都會瘋。

「你們到底要去哪裡？」瀚夫瑞問。

「你還不知道呀？仁仁和九華的父親來了。兩年前就來了。」

這是最後的臺詞。如同許多電影中的角色一樣，誰說最後這句詞誰就是那場戲的強勢者，就得轉身揚長而去。晚江和仁仁就那麼在最後臺詞的餘音中轉身，揚長而去。一步、兩步、三步「啪！」最後一個昂貴的酒瓶砸過來，砸在晚江後腦勺上……

晚江聽誰在同她說話，突然從自己的幻覺中驚醒。

「你說呢晚江？還是不喝它了，天太熱，喝這些不合適。」瀚夫瑞說。

晚江人往下一泄，長噓一口氣。她聽他講哪瓶酒是他哪年哪月得來，怎樣一次次躲過他的饞癆校友們，心裡卻一陣窩囊：好不容易要出點響動了，響動又給憋了回去。晚江在剛才一瞬間臆想的那場痛快，又憋在了一如既往的日子裡。沒希望了，連打碎點什麼的希望都沒有。

「剛才叫的——我以為你怎麼了呢。」

「本來想開一瓶好酒。」

晚江沒問，怎麼又不開了？她注意到他忽然向前佝僂的兩個肩膀。她從來沒見過他這副老態。他平時只是零星星出一些蒼老的瞬間，而此刻那些閃爍無定的蒼老沉落下來，完整起來。她不敢再看他，甜美溫柔地告訴瀚夫瑞，她已打開了一瓶十年陳的 Shiraz，老哥兒們難得見面，溫和的酒將使大家感覺上健康些。

晚江馬上想，你不巴望「開鍋」嗎？你為蘇那喝廢了的人擔驚受怕幹嘛？把蘇兒出去，讓大家看看這兒的好生活沒有吃苦耐勞為全家打粗的九華的份兒，卻拿價值千金的酒養著舒舒服服做廢料的蘇。

但晚江嘴上說的，是要不要還老校友妻子們的禮。瀚夫瑞問送的是什麼？她做個鬼臉，用英文說是三份「1414」。瀚夫瑞笑了，明白禮物不過是「意思意思」。他要晚江看著打發，不要太明顯的「1414」就行。

外面涼了，仁仁和路易還在院子裡磨洋工地清理桌子，扔掉免洗餐具，刮烤肉架上的焦炭。老校友們已進到客廳裡，其中兩人在鋼琴上彈四手聯奏，第三位在唱一支四十年代的歌。還是有些情調的，一種瀕臨滅絕的情調。不久，瀚夫瑞的聲音加入了，唱起了二部。晚江把一盞盞的酒擺到托盤上，聽外面一個花兒、一個少年正明著吵嘴，暗著調情；裡面四位痴迷在垂死的情調中，提醒人們，他們也花兒、少年過。

晚江在托盤另一邊擺了一些魚子醬，對外面喚道：「仁仁，來幫媽媽端東西。」她感覺從這個下午開始，仁仁和路易開始不老實了。也許仁仁並不明白自己的不老實，但路易不會不明白。

電話響了。晚江一接，那邊的老女人便咯咯地樂。晚江心裡一陣噁心，心想女人活到這把歲數了還沒活出點份量。她無意中回頭，見正唱得痴迷的老少年瀚夫瑞眼睛並沒放過她。她只好用同樣輕賤的聲音跟老女人搭話：「哎呀，我當是誰呢。」洪敏即便是耶穌，天天摟著這樣的老身段，用不了多久也會兒墮落。洪敏的嗓音進來了，笑瞇瞇的：「幹嘛呢？」

笑瞇瞇傳到晚江這頭，就有點色迷迷了。晚江說：「對不起，我這會兒沒空。」

「我就說兩句話……」

「我這兒有客人。」

「那就一句。」

「明天吧。」

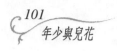

晚江的不客氣讓瀚夫瑞生疑了。他嘴還在動，神卻走了。晚江道了再見，便隨便地把電話擱回機座。接下去她一晚上都拎著心，等洪敏下一個電話打進來。每次她擱他電話，他都會設法再打。

一晚上無數電話，全是找路易的。

7

當她看見車裡鑽出來的是洪敏，立即收攏腳步，佝腰伸頭地喘起來。洪敏笑嘻嘻迎上去，在她背上輕輕捶打，一面逗她說，哎呀，七老八十啦。她身子猛一擰，白他一眼，手抓住一棵細瘦的柏樹，繼續狂喘。一面喘，一面就四下打量，怕瀚夫瑞多個心眼子，貓在某處跟蹤。

她向洪敏做了個手勢，要他跟她走。樹陰越來越濃，畫眉叫得珠子一樣圓潤。

他看著她穿緊身運動服的背影。她比十年前胖了，乍看卻還是姑娘家。

她從上衣領口裡摸出一張對折的小紙片，說：「成你的『人民銀行』了。」

洪敏笑著說北京現在是「中國銀行」、「工商銀行」、「農業銀行」，一大堆銀行，惟獨沒了「人民銀行」。

晚江打開那張紙片：「喏，這叫支票，這是數目字：一萬六千塊。識數吧？」她揪著他耳朵，和二十年前一樣，總有些親熱的小虐待才讓他們密切無間。

「識數、識數。」他也一貫是越虐待越舒服的樣子，直到晚江笑出她十八歲的傻笑來。

「連這個數，我這銀行一共支給你三萬八千了。」

「三萬七千五。五百塊你讓我買個二手電腦。」

「買了嗎？」

「託人找呢。」

「一個月了，還沒買?!你沒拿我的錢請老女人下館子吧？」

「她們請我，我都排不開日子。」他嬉皮笑臉，湊上來響響地在她腮幫上親一下，留下淡淡的菸臭。

「有個電腦，九華晚上就不會看電視劇了。我讓他報了電腦班。你是個什麼狗屁爹？看著他送一輩子沙拉？」她再次揪他耳朵，他再次裝著疼得齜牙咧嘴。

兩個月前，他向她借錢，說是要買一處房，省得九華和他兩頭花錢租房。他和九華都沒多少積蓄，只能向晚江借貸。原先他只說買個一個臥室的公寓，後來他告訴晚江，買那些失修或遭了火災的獨立宅子更值，他和九華雖缺腦子，手腳卻巧過一般人，幾個月就能把廢墟修成宮殿。晚江自然是希望父子倆有個像樣的家，免得一家子拆得太碎。「記著，讓九華在支票背面簽名，你千萬別簽。月底銀行會把支票寄回來的，老人家看到就完蛋了。」

「老人家常常查你的錢？」

「跟你說你也不懂。」她伸手去解他外套的紐扣，把支票放在他襯衫的口袋裡，發現裡面有兩枚一分硬幣，掏出來塞進他褲兜。她的手像曾經一樣當他的家，也像曾經一樣輕車熟路。「就這點錢了，再不夠我就得跑當鋪。要不也得陪人跳舞去。」她假裝咬牙切齒，眼睛從低往高地惡狠狠地瞪著他，「丟了支票我殺了你。」

「老人家一月給你多少錢？」洪敏手撫摸著她的脖子。

「一夜三千塊。」

兩人一塊咯咯樂了。晚江不願告訴他，她的所有積蓄都是她的烹飪所得，瀚夫瑞在她生日和聖誕，會贈她一千兩千作禮物。

「你以後得學著看銀行賬單，老指望那幫老女人，小心誰愛上你。」她拉他坐下來，頭挨著頭。

「早有愛上我的了。」

「『水桶腰』還是『三下巴』？」

「豈止兩個？」

「那就是剛拉了皮的那位。」

「她們個個拉了皮。」

「個個都愛你？」

「有明有暗吧。」

晚江瞪著他，假裝心碎地向後一歪。洪敏把她拉進懷裡，兩人又是樂，全沒意識到二十年裡他倆的玩鬧毫無長進，趣味仍很低級。晚江知道那類事發生不了，發生了也是某老女人做剃頭挑子。單為了保住飯碗，他也不會在老女人中親疏有別；他得跟每個老女人保持絕對等距離：玩笑得開得一樣火熱，黃笑話得講得一樣放肆，接受她們的禮物和下館子邀請，也得一碗水端平。

他們相依相偎，談著二十年前的甜蜜廢話，突然發現林子外太陽已很高了。霧在樹葉上結成小圓水珠，他們的頭髮也濕成一縷一縷的。洪敏拉晚江起身，說他要趕十點的舞蹈課。她正繫鞋帶，給他一催，馬上把繫好的鞋帶扯開。曾經在北海，只要他催促，她就這樣搗蛋。他也像過去那樣蹲下來，替她繫上鞋帶。

「不是也為你好嗎？老人家疑心那麼重。」

他哄她似的。她索性把另一隻鞋也蹬下來。不知怎的她有了一種有恃無恐的感覺，似乎買房給了她某種錯覺，她暗中在經營她自己的家；她真正的家正從破碎走向完整。

「好哇，拿了我的錢就不認我了。」

「快快快，涼著。這兒這麼濕。」

「沒我你們父子倆哪年才過上人的日子？連買房定金都付不上！」

「是是是，我們爺兒倆真他媽廢物。別動！」他拾回她踢出去的鞋，替她套到腳上。

「承認是廢物？」

「廢物廢物。」

他開車送她回家，一路碰上的都是紅燈。她不斷拉過他的手，看他腕子上的錶。他便是笑。她問他笑什麼。他不說。他是笑她嘴是硬的，怕還是怕老人家的。其實她懂得他那笑。她確實怕瀚夫瑞那洞悉勾當的目光，以及他沉默的責罰。兩個月前的雨天，瀚夫瑞發現晚江長跑的目的是見九華，他的責罰是早晨再不跟晚江出門，而在晚江回到家時長長看一眼掛鐘。奇怪的是，晚江反倒漸漸縮短了和九華的見面，時常告訴他第二天不要停車等她，也不要買豆漿。瀚夫瑞風度很好，但還是讓晚江明白他在道理上佔絕對上風，並且度量也大：知道你們搗鬼，我還是放手讓你們去。但晚江也明白，若老律師知道等在長跑終點的是洪敏，事情就大了。

在一個紅綠燈路口，她又一次看他的錶。他安慰她，說錶快了兩分鐘。她說快兩分鐘有屁用。她又說這是什麼破車，連個鐘都是壞的。他說等咱有錢了，買輛卡迪拉克。她說不好，不實用，還是Lexus好。兩人都沒意識到，他們做的已是兩口子的打算。

車停在兩個路口外。他看她上坡，一直不回頭。在拐彎處，他想她該回頭了。她真的回過頭，像十年前那樣，在一片飛舞的床單那邊朝他回過頭。那時她手裡拉著四歲的仁仁，就這樣回過頭來，看看還有沒有退路。他藏在破敗的美麗窗簾後面，看著沒了退路的晚江進了轎車，淚水把衣服前襟都淌濕了。

8

來整理花園的園丁說玫瑰生著一種病。聽下來，那病就是一個花胚子分裂得太快、太多，跟癌細胞的分裂有些相似。一個細胞分裂到一百多次，就成癌了，所以可以把這種多頭玫瑰叫「花癌」。晚江向園丁點點頭。她已走神了，在想，「花癌」倒不難聽啊。下面園丁講的「治療方案」和費用，晚江都是半走著神聽的。

最近所有人都發現晚江的神情有一點異樣。有時會不著邊際地來個微笑。笑多半笑在人家話講到一半的時候。於是講話的人就很不舒服，有點音樂的節拍打的不是點，打在半腰上的感覺。比如瀚夫瑞說：「晚江你看看仁仁的校服，她老在偷偷把裙子改短。這可不行。」他見她忽然笑一下，讓他擔心他臉沒準碰上番茄醬了。「哎，這張支票，是你寫的？怎麼寫這麼大一筆錢呢？他要這麼多錢做什麼？」他把銀行的月底結算單和一張兌了現的支票推到她面前。他很想用食指在她眼前晃一晃，叫她不要走神。

她眼睛看著支票上的數目「16,000」。會是個不錯的家，會有兩間臥室，一個餐廳，一個客廳。路易的酒店常拍賣舊家具，很便宜就能把房子打扮起來。九華和洪敏都很肯做事，細細經營，它不會太寒傖。寒傖也是一塊立足之地。晚江想，我正做這樣大一樁事呢。這樣一想，她就笑了。所有做大事的人都像她這樣與世無爭，疲憊而好脾氣地笑。

「他需要這麼大一筆錢做什麼？」支票背面，有九華的簽名。

晚江漸漸悟過來。第一個反應是痛悔：她怎麼不長腦子呢？她若按時查郵件，銀行的文件就不會落到瀚夫瑞手裡。接下來的反應是怨恨：這瀚夫瑞簡直防不勝防，稍慢一點都不行，就替她做主。拆郵件也要做她的主。

「他急需用錢。」她說，樣子是漫不經意的。連她自己也聽出這話就是一句支吾，等於不說。還不如不說。不說不會這麼可疑。「他一時周轉困難，跟我挪借一下。」

「沒問他做什麼用？」

「他就說很快會還我。」

晚江覺得什麼都被瀚夫瑞識破了。她忽然心裡一陣鬆快：好了，這下該說清的就說清，說謊搗鬼都免了。你再逼問，我就全面攤牌。你說我傷天害理缺德喪良，就說吧。你認為我和前夫玩了一場長達十年的「仙人跳」，就算是吧。你覺得冤有頭債有主得送我上法庭，就去找個法庭吧。我全認。

瀚夫瑞看見中年女人兩眼閃光，不知什麼讓她如此神采煥發。什麼事這樣稱她的心？他慢條斯理地說：「按說我沒權力過問你們之間的事。是你的錢，是你的兒子，對不對？你也很難，母親嘛。」他自己觸到了什麼，眼神忽然痛楚了。

晚江給這話一說，鼻腔猛的一陣熱。她心裡說著不掉淚，不掉淚，淚還是掉下來了。瀚夫瑞怎麼說也是個知書達理的人。

「你把錢給自己兒子，按說我沒話可講。我要講的就是，蘇的問題一開始就出在錢上。第一次我發現她酗酒，就是她跟我借錢。那年她比九華小一歲。」

這一聽，她一下子沒了淚。她使勁一吸鼻子，看定瀚夫瑞：「你拿九華跟蘇比？」「借錢的人有幾個不是拿錢去幹蠢事的？」

「我們九華這輩子不會沾酒。」晚江說，「我們不是那個種，也沒那個福。所以你放心，這輩子你別想看九華吃喝嫖賭。」她伸手將那個信封拿起，又把銀行的結算單折起來。動作弄得紙張直響，什麼罵不出口的，這響動中都有了。

「好吧。」瀚夫瑞看著她：十年前的她是她的原形，還是眼前的她是她的真相？「請他下月把錢還回來。」

「這是我的錢。」晚江手指重重戳在那張支票上，「他還不還是我的事！」

瀚夫瑞就像沒聽見，說：「下個月，他必須還上這筆錢。」

晚江給他的自信和沉穩弄得直想哈哈狂笑。她知道自己在瀚夫瑞心目中的形象一直不錯，而此刻她在毀那形象。她今天連胸罩也沒穿，頭髮也沒洗沒梳，一切都合起夥來，毀那姣好形象。

「錢是我的，腦筋不要不清楚；高興了我就是燒鈔票玩，你也看我玩。」

瀚夫瑞就把目光平直地端著，看她比手畫腳。十年中他和她也有過爭吵，可從來不像這樣暴烈，叫徐晚江的女人從來沒像此刻這樣徹底撕破臉過。一定有了一樁事情，瀚夫瑞苦在看不透那樁事。

「是啊，你的錢是你的。」瀚夫瑞說，「連我的錢都是你的，房子，車，也都有你一半嘛。」

晚江想，何苦呢，話說得這麼帥。你其實在說：既然我的錢我的財產是你的，你的一切也就是我的，敢動一個子試試。

晚江事後非常懊惱，怎麼就啞口無言地把瀚夫瑞最後那句話聽下來了。狠了半天，把最後那句話讓對方說了去。她擦洗鍋臺時，路易悄悄走過來。他見炒鍋洗淨擦乾擱在水池邊，便將它放回頂櫃去。動作鬼一樣輕，每個細節卻都有小小亮相，讓你看到。他回眸笑笑，說今天的小魚蒸蛋鮮美極了。晚江柔弱地看他一眼，明白他實際說的是什麼。他實際是說：我看出你哭了，能告訴我為什麼嗎？她說：主要是魚得鮮活。他也明白了她沒說出來的話：別問了，問我也不會告訴你。他說：有件事我偷偷地進行了，本來想成功了再告訴你。她卻聽懂了他的憐香惜玉，他的善解人意。她同時也懂得，他的情愫甜美是甜美的，卻不頂什麼用。不頂用，就不如不去懂它了。她笑笑說：是嗎？他說：我們酒店要舉行「美食美酒節」，我推薦了你。她說：謝謝。

她斜出身體去搆角落的一只碗，忽然「哎喲」一聲。路易問她怎麼了？她皺眉笑道：老了。他問：是背痛嗎？她左手去捶右面的背，他說：別動別動。他的手上來，擠開她的手，問她是不是這兒，她說是的。他說：很好辦，他的手指一用力，她不自禁地呻吟一聲。

他又動幾下，問她是不是好一點。他說他按摩是有兩下子的。他請她到起居室去，到長沙發上趴下來。

這絕對是不成話的，她想著，一面自己搓揉著腰，腳步拖拉，儘量延長走向起居室的時間，指望自己急中生智想出什麼藉口來謝絕他。他一臉一身都是好意，看去真的像是無邪的。路過餐室，見瀚夫瑞和仁仁在談什麼。地下室傳來蘇為鸚鵡卡美拉米亞放的語言教學錄音。「good morning, good morning.」到起居室門口了，她把燈捻到最亮。路易馬上又把它調暗，說幽暗光線使人放鬆。他指著長沙發要她伏臥。她想，好了，這下真沒體統了。仁仁不知為什麼大笑起來，遠遠看她的側影，她頭髮垂灑在椅背之外，椅子向後仰去，危險地支在兩個後腿上。晚江突然瞄一眼路易，發現他也在看她，眼巴巴的，似乎對這麼個青春欲滴的女孩，他只能望梅止渴。

晚江果決地往長沙發上一趴，說：「來吧。」

路易一醒，掉回頭，來看女孩的母親，女孩的出處和起源。「我手可能會重一些。受不了就告訴我。」他說。

她點點頭，展開身體，臉貼在沙發坐墊上。沙發的熟皮革貼在皮膚上，有體溫似的。路易單腿跪在沙發邊，手在探問痛處。位置對的，她點頭。他手下得不輕不重，是把伺候女人的好手。他手下的這具女體是熟皮革了，帶一股熟熟的氣息。

路易跪在沙發旁，搓著她揉著她，每一記都讓她無聲地呻吟一下。他全神貫注於她了。她身體還殘餘些青春，跟仁仁雖不能比，但也說得過去。路易是個實惠人，不會老在那兒望梅止渴。他問她舒服嗎？她說不錯，路易你夠專業的。

一萬重不可能使她和他十分安全。發生的只是肌膚和肌膚的事；肌膚偷著求歡，他們怎麼辦呢？肌膚是不夠高貴，缺乏廉恥的，它們偷了空就要揩油。肌膚揩了瀚夫瑞的油，是怪不著他們的。

晚江閉上眼，讓肌膚展開自己。她聽見自己的呼吸，也聽見路易的呼吸；他的呼，便是她的吸。

路易的體溫進入了晚江。十年前她在他空蕩蕩的臥室就嗅到過他。冰冷的天倫隔不開體溫，你總不能來管體溫與體溫廝磨吧？

晚江感覺到她的雌性健康都被路易嗅去了。瀚夫瑞，看看你兒子對你幹下了什麼？

瀚夫瑞朝起居室裡瞄一眼，這幅家庭和睦的畫面沒任何破綻。只要心靈不認賬，什麼都好說。

9

晚江跑到目的地，看見九華正在啟動車。她加快腳步追上去，問他這麼早急什麼。九華便熄了引擎，打開音樂。晚江早就留心到，九華和仁仁雖然很少溝通，但某些東西暗中是同步的：都愛聽亞洲歌星俗裡俗氣的歌。

她問房子買下來沒有。九華「嗯」一聲。她說能住先湊合住，搬進去之後，再慢慢修。九華又「嗯」一聲。她說氣味可以請清潔公司去除一除，清除老房子的氣味，有兩三百塊錢就夠了。她問：你跟你爸，一兩百塊錢湊得出來吧。她說窗簾先別買，等她去看了房子由她來配。九華猶豫一下，又來個「嗯」。

她說，想出個招她從瀚夫瑞那裡脫出身來，一定去看看那房。九華不「嗯」了。她看他一眼，覺得他今天苗頭有點不對。她問他是不是有什麼左右為難的事。果然他說洪敏要他再向她借一萬塊錢。頓一會兒，她說：「你爸在搞什麼鬼？」

他飛快看母親一眼，說：「爸讓我告訴你，別急。買房置地不能急。」「買房置地」九華不會說，是照搬洪敏的。

「你爸把錢拿去賭了還是嫖了?」

「沒,沒有。」九華身體猛一躲,煩他母親似的:「瞧你這點素質。」九華在華人的圈子裡混長了,口氣老三老四的:「我爸說借你的錢年底就還上。」

「他到底拿我的錢幹嘛去了?!」

「你那點錢哪兒夠買房?得先拿那錢投資。」九華啟蒙似的對母親說。

「投什麼資?」

「投資你都不懂?」

「你爸串通了你來騙我的吧?你跟我說實話!」

九華身體直躲母親,而母親一路直逼,非追殺出實情來不可。

「我爸說投資收回錢來,買個好房,給你裝個大浴池。」

「那你告訴我,他投資投的是什麼玩藝。」

九華說了半天,晚江還是聽不明白洪敏的「投資」是怎麼回事。說是老女人之一介紹了大家去一家投資公司投資,說是投資公司不是你想投就投的,要憑關係,走內線,沒內線的,你想投也投不進去。晚江朝九華眨巴著眼睛,她明白九華也不懂他自己在說什麼。投資這類詞屬於瀚夫瑞、路易，以後還有仁仁。投資給九華一講，就很古怪，很滑稽。九華見母親一臉迷糊，嘴巴一咂，把臉朝外一扭，意思是：你是沒希望了，我都說得累死了，你還明白不了。「這麼告訴你吧：你投一百塊錢，一年之後，一百就變了兩百。我要有錢，也湊一份。」

晚江似乎明白了：錢賺錢比人賺錢省事也快當。就得有機會。現在老女人們把機會找來了，給了洪敏。原來洪敏並沒有白陪老女人們混。大好的投資良機，若是沒人裡應外合幫你，門也沒有。美國的確遍地良機，但兩眼一抹黑你很可能把機會踩個稀爛一路趟過去。圓呼呼的老女人們等於一群燈籠，把黑暗中閃光的機會照給了洪敏。

快半夜的時候，晚江聽見車庫門響。路易回來了。她裝著口渴，下樓到廚房倒了杯水。這樣就成了一場巧遇。路易抬頭，晚江也是個不期然的抬頭。晚江說真巧啊，我有句話要問你。路易五雷轟頂地笑一下。到了女人膽子大的時候，男人就嚇死了。路易拐進門廳的洗手間，立刻從裡面傳出漱口的聲音。再出來，路易口腔清涼芬芳，喘息都帶留蘭香的淡淡綠色。他在以防萬一。美國可是遍地艷遇，一個不留神就碰上接吻。

路易這樣就放心了，可以談一口好聞的話，萬一接吻，也是清香的吻。晚江跟他隔一條窄窄的酒吧，坐在廚房裡。晚江說，路易，你不錯啊，真把我的背揉得見好，謝謝了。

路易說哪裡，我也是瞎揉的。很高興你見好了。

晚江說你倒會心疼別人。這些家務活，看看不起眼，一天也要做七八個鐘頭呢。

他立刻說，可不是嘛。我自己是做酒店的，其實酒店就是放大的家，做的也就是放大的家務。有沒有想過僱個鐘點工？

她說想過的；用了鐘點工，省下我這麼個大活人，又去做什麼呢？

路易說那還用愁？可做的太多了。比如，你可以省些精力燒菜。

燒菜不就跟玩似的？我可以閉著眼燒。

路易說，給你出個好主意：寫一本有關中國菜的書。保證賺錢！

路易笑起來，打出的哈哈果然很好聞。

順理成章的，晚江把話轉到了金融投機上。

路易不知道她滿嘴的英文詞彙全是剛從字典裡查到，在唇齒間熱炒出來的。兩人談得火熱深入，談到了下半夜。連瀚夫瑞一覺醒來，起身來看，兩人都不受打擾地繼續談。

他們只對瀚夫瑞揚揚手，「Hi」了一聲，又埋頭談下去。瀚夫瑞倒了杯冰礦泉水，拿出幾塊無糖蛋糕，心想這下好了，晚江這樣靈，不久就該夠格做路易的清談客了。路易的清談包括投資、球賽、美酒。誰想跟路易談得攏，就跟他談這三樣。這三樣永遠可以談下去，永遠沒有把關係談近的危險。

瀚夫瑞把蛋糕擱在他倆中間，他們看也不看便拈了一塊吃起來。瀚夫瑞說打攪一下，要不要來點酒？晚江一聽便明白，瀚夫瑞是要她上樓去。路易伸了個大懶腰，興頭盡了。

那夜晚江一夜無眠。她得忙起來，替洪敏湊錢。半年後這錢便是一棟體面、溫馨的房，院裡栽鬱金香和梔子花，門前一棵日本楓樹，樓上一個按摩浴池，窗簾要奶白色。可是錢呢？哪裡再能弄到一萬塊？她突然想到那只鑽戒和貂皮大衣，又想到瀚夫瑞以她的名義買的債券，是仁仁將來進法學院的投資。她從沒認真想過錢。在一個樣樣豐富，又事事不當家的家裡，錢對晚江，有沒有無所謂。這麼多年來，榮華富貴耗去了晚江對於錢的所有熱情。她的榮華富貴是被動的、無奈的，她被置於其中，一切建設、設計都不需她的參與。這一夜，輾轉反側的晚江頭一次覺得自己竟也愛錢。賺錢原來是很有味道的，一個小錢一個小錢地去賺，去扣，去攢，原來有這樣美的滋味。因為錢的那頭是一座房，那房裡洪敏和九華將吃她做的百葉紅燒肉、清蒸獅子頭、八寶炒麵，他們不會愛吃她給瀚夫瑞、路易、仁仁做的這些健康、高雅的菜。那房子一定和這房子不能比，一定簡陋得多。而正是它的不完美才給她的建設以充份空間。正是那長久的建設過程，才給她美好的滋味，是眼下榮華富貴敗掉的好滋味。

她有了一項娛樂：看免費的售房廣告。坐在廚房吧臺上，看著一座座老舊的或嶄新的房屋，設想她在裡面的一番大作為，真是美味無窮。

10

得到消息時，晚江正在翻看她的小保險櫃裡的最後老本，珠寶和債券。她已跟她的一位女客戶暗地商量好，怎樣把它們「走私」出去。電話是洪敏打來的，接電話的恰是瀚夫瑞。瀚夫瑞像以往一樣溫和多禮地盤問，洪敏耐不住了，打斷盤問便說：「你也甭問我是誰了，這兒都要出人命了——就告訴一聲他母親，九華出車禍了，現在正在醫院搶救。」

瀚夫瑞想，這個人好無禮，「再見」總可以說一聲吧？「再見」居然都不說的無禮之人。他起身拉過厚實的起居袍，看一眼桌頭的小鬧鐘：6:50。他想起剛才打電話人的又一個缺陷，冒冒失失來告急，竟把最重要的事忽略了：他怎麼不講清醫院地址呢？他上了樓，發現晚江在儲衣室裡。沒門可敲，他敲了兩記櫃子，問道：「對不起，可以打攪一下嗎？」

晚江做了個「請講」的表情。瀚夫瑞覺得她剛藏了個什麼。他說：「九華出了一點事情。」

晚江問：「什麼事情?!」她一手撐在腰上，手心裡是她所有的家當。瀚夫瑞淡化情緒一向淡化得很好，因此聽完他冷靜、簡明的轉達後，晚江並沒有潰不成軍。她立刻接受了瀚夫瑞的行動步驟：首先請警方幫著弄清今早出的交通事故中，那個中國受傷者進了哪。

11

從醫院分手，洪敏再見到仁仁，是兩個月後了。這天瀚夫瑞打高爾夫，晚江把洪敏約到一個中餐館裡飲午茶。仁仁是問一句答一句，只在洪敏不看她時，她才狠狠偷瞅他一眼。並不是瞅他的面孔，她時而瞅一眼他被菸熏黃的手指，時而瞅一眼他脖子上頗粗的黃金項鏈。瞅得最多的，是他的頭髮。那完全和九華一模一樣的頭髮上了過多廉價髮膠。洪敏總是和她講那幾句話：「仁仁還記得吧？那次在西單商場，爸把你給丟了。」

「仁仁還記得吧？」

女孩當然是什麼也不記得的。

後來晚江發現瀚夫瑞打高爾夫球，日子是早早就定了的。只要在臥室的掛曆上留一留神，就能發現他圈下的下一個高爾夫日。

這天他們的見面地點是個快餐店。洪敏忽然說：「仁仁頭髮好好的，幹嘛染啊？」

仁仁聳聳肩。

「你那些同學，有的打扮得跟妓女似的。」洪敏說。

仁仁又聳聳肩。晚江見洪敏臉上是一副逗樂表情，問道：「你怎麼知道？」

仁仁先悟出來了：「好哇——」她指著洪敏：「你這個暗探。一共到我們學校來了幾次？」

「上課玩了一節課的手機。」他轉向晚江，「她跟另外幾個同學在課堂上用手機胡聊。」

兩人還是一副開玩笑的樣子，但晚江看出他們心裡都有些惱。她沒想到洪敏會到學校去，藏在某一片陰影裡，看仁仁動、靜、跑、跳，在課堂上做白日夢，在課間擠在自動售貨機前買零食，和女生一塊作弄某個男生，發出不堪入耳的鬼叫。他看到了最真實、私密的仁仁。

「你簡直是搞恐怖活動。」

「仁仁不許這樣說話。」晚江轉向洪敏：「你像話嗎？」

洪敏臉紅起來：「怎麼啦？正常的父親做不成，還不能偷著看看？」

仁仁聲音尖利起來：「你這個 Creep（美俚語對變態的下流偷窺者的稱呼）！」

「仁仁。」晚江說。

「她剛才說我什麼？」洪敏問。

仁仁說：「說你 Creep。」「什麼叫 Creep？」洪敏看看仁仁。他已是借逗她玩的樣子來掩飾真實惱怒了。

仁仁連掩飾也不要了，眼裡有了一層薄薄的淚。她用英文對晚江說：「他為什麼要對我這樣？！他侵犯我的權利！」

晚江對洪敏說：「以後別去她學校了。」

洪敏還想保持長輩的尊嚴，還想把笑容撐下去。但顯得有些厚顏無恥了。「要不偷偷去看你，我怎麼知道你挨他訓呢？板著個老臉，訓仁仁跟訓孫子似的！」

晚江意識到他在講瀚夫瑞。她息事寧人地說：「不會吧，他從來不板著臉訓仁仁」

「噢，花了錢，送仁仁上貴族學校，就有資格訓我們呀？」洪敏把一個肩使勁往後擰，像他打架被人拉住了。

仁仁驚訝得張開嘴，露出矯正後的完美白牙。她用英文說道：「簡直讓我不敢相信。」

「人家花了錢，就有資格說，『仁仁穿短裙子難看死了。』」

晚江想起來了，那次仁仁在校服裙的長度上搞了鬼，被瀚夫瑞看穿了。

「瀚夫瑞沒說難看死了，他說不太合適。」

「怎麼難看死了？仁仁兩條腿不穿短裙，天底下就沒人該穿短裙。」

仁仁啞口無言地看著面孔血紅的洪敏。他的樣子是受了奇恥大辱，她恰恰感到受辱的是自己。

晚江仍想把早先父女倆調侃的氣氛找回來。她為瀚夫瑞做了些解釋，說他老派是老派一些，惡意是沒有的，對仁仁的栽培，也花了心血。

「要我，掉頭就走。訓誰呀？」

晚江要他別誤會。

「訓完了，還上去摟他，還左邊親一下，右邊親一下。那老臉也配！」

「沒有！」仁仁突然說道，臉也是通紅通紅。

「怎麼沒有？我看你親他的。」洪敏說。

「我從來不會左邊一下、右邊一下。」仁仁說。

「我明明看見的。」

「我從來不會！」

晚江覺得圓場的希望已經沒有了。仁仁此刻改用英文說：「簡直有毛病，不可理喻。」

洪敏問晚江：「她在嘀咕什麼？」

晚江說：「好了好了，大家閉嘴歇一會。」

仁仁又用英文來一句：「不能相信竟有人幹出這種偷窺的事來，還要歪曲真相。」

洪敏又問晚江：「仁仁在說什麼？」他已經在威逼了。

晚江說：「行了行了，吃飯吃飯。」

仁仁說：「哪有這麼不民主的？歪曲了事實還不准我爭辯？」

洪敏被仁仁的英文關閉在外面，不僅惱怒，並且感到受了欺辱。他看著母女倆用英文一來一往地爭論，仁仁連手勢帶神色都是美國式的。她滔滔不絕的英文簡直太欺負人了。他插不上一句話，只是一次又一次地想，當時他為兩個孩子和晚江犧牲了自己，就該得這樣的報應？

等母女倆終於停下來，他說：「當心點，他老人家再敢訓我女兒，我看著不管我是ㄚ頭養的。」

仁仁問晚江：「什麼叫『ㄚ頭養的』？」

沒等晚江開口，洪敏大聲說：「就是王八蛋。」

王八蛋仁仁是懂的，眼珠子猛往上一翻，用英文說：「真噁心。」

洪敏說：「我知道你說了我什麼。」

仁仁說：「我說了你什麼？」

「你個小ㄚ頭，以為我真不懂英文？」他強作笑臉，不願跟女兒不歡而散，「你說我真噁心。」

仁仁馬上去看晚江。晚江心疼地看一眼洪敏。再等一等，等買下房，暗地裡把東離西散了十年的一個家再拉扯起來，父女倆就不會像眼下這樣了。

12

這天瀚夫瑞問晚江，九華借去的錢是否還她了。她說，嗯，還了。過了一會兒，瀚夫瑞說不對吧，我剛才打電話去銀行了，你賬上沒什麼錢啊。她說，哎呀，你放心吧，九華不是才出車禍嗎？過一陣一定還上。觸及此類話題，氣氛往往緊張，而現在氣氛卻輕鬆而家常，她的態度不認真，這點錢也值得你認真？幾個月過去了，瀚夫瑞又問起來，晚江淡淡一笑，說她拿那筆錢投資了。

「哦。投的什麼資？」

晚江飛快看他一眼，他並沒有拉開架勢教訓她。他的神態除了關切，還有點好玩。你徐晚江也投資？這世道在開玩笑了。她把洪敏從老女人那兒學來的話，講給瀚夫瑞聽。瀚夫瑞聽是好好聽的，聽完哈哈地笑起來。他很少這樣放肆地笑，連仁仁也停止了咀嚼，看著他。

「我只告訴你一句話：隨便誰，跑來對你說他保證你百分之五十的回報，你理都不要理他，掉頭走開。」瀚夫瑞說。

晚江心裡想。我還沒賺多少呢，這兒就有人妒忌得臉也綠了。仁仁欠起屁股，筷子伸到了桌子對面，去夾一塊芋頭鹹蛋酥。失敗幾次，終於夾起，中途又落進湯碗。

「仁仁，忘了什麼了？」瀚夫瑞說。

仁仁馬上咕噥一聲「對不起」，然後說：「把那個遞給我。」

「說『請把它遞給我』。」

仁仁說：「我說『請』了呀。」

「你沒有說。」

「媽我剛才說『請』了，對吧？」

晚江說：「我哪兒聽見你們在說什麼。」

仁仁嘴裡「嗤」的一聲，一個「有理講不清」的冷笑。然後說：「你耳背呀？」她把臉湊近母親。

「唉仁仁，什麼話？」瀚夫瑞皺眉道。

「她教我的話呀。」仁仁以筷子屁股點點晚江：「我小的時候，她動不動就說，你耳背呀。餵飯給耳朵餵點，別餓著耳朵！」

「好了。」瀚夫瑞打斷女孩。聲音不高，卻讓所有人討了很大的無趣。大家靜下來，瀚夫瑞說：「仁仁再來一點湯嗎？」

女孩抬頭看老繼父一眼：「不要了，我快撐死了！」

「怎麼又忘了呢？說不要了，後面該說什麼？」老繼父問道。

「說耳背呀？」

「仁仁！」老繼父抹下臉來。

仁仁卻咯咯直樂。

晚江叫起來：「唉，別把飯粒給我掉地上。回頭害人家一踩踩一腳，再給我踩到地毯上去。說你呢，小姑奶奶。種飯還是吃飯啊?!」

仁仁說：「媽你一塗這種口紅就變得特別兇惡。」

「少廢話！」晚江說，「又不是塗給你看的。」她下巴一伸，用力嚼動，存心強調嘴上的口紅。

「那我和瀚夫瑞也不能閉上眼睛吃飯。」女孩轉向老繼父，「瀚夫瑞你也不好好勸勸她，讓她別塗那種口紅！」

晚江說：「那你就閉上眼吧！」

瀚夫瑞不斷搖頭。他不懂她們這樣忽然的粗俗是怎麼回事。他更不懂的是仁仁可以在一瞬間退化；他對她十多年的教養會幻滅般消失。有時他覺得仁仁是個謎。近十五歲的女孩多半時間是他的理想和應聲蟲，卻在偶爾之中，你懷疑她其實是另一回事。她其實一直在逗你玩。你一陣毛骨悚然：這個女孩其實在逗一切人玩，只不過她自己不知道，她不是存心的。就像她此刻，閉上眼用筷子去扎盤子裡滾圓的芋頭鹹蛋酥：「好，讓閉眼咱就閉眼。」

「少給我胡鬧！」

「你把口紅擦了，我就不胡鬧了。」

「你以為你是誰？小丫頭片子！」

「唉，可以啦。」瀚夫瑞臉已經抹到底了。他很奇怪，她們最近講話怎麼出來了一股侉味。他辨認出來了，那侉味是她們十年前的。是他十年裡一直在抹煞的。

瀚夫瑞討厭任何原生土著的東西。像所有生長在殖民地的人一樣，他對一切純粹的鄉土產物很輕蔑；任何純正的鄉語或民歌，任何正宗的民俗風情，在他看就是低劣，是野蠻。沒有受過舶來文化所化的東西，對瀚夫瑞來說都上不得檯面。因而晚江和仁仁居然在檯面上講這樣地道的中國侉話，實在令他痛心。他想弄清，究竟是什麼樣的影響暗中進入了他的領地。

「真讓人納悶，媽，你幹嘛非把自個弄成個大盆血口？」

「是血盆大口！」晚江想憋沒憋住，敞開來咯咯笑。

「不對吧？大盆血口聽著更對頭哇——瀚夫瑞，你說咱倆誰是錯的？」

瀚夫瑞忍無可忍，用筷子脆脆地敲了幾下桌沿。

「聽著，」他改口說英文，氣氛中的活躍立即消失，「仁仁我們剛才在說什麼？」仁仁用湯匙舀大半勺湯，無聲息地送到嘴裡，全面恢復成了一個閨秀。瀚夫瑞突然想起，曾打電話來報告九華受傷的男人，就說一口侉話。

「你說『不要湯了』。下面呢？」

「不要湯了，謝謝。」

「很好。請給我遞一下胡椒。」瀚夫瑞對晚江說。

晚江把最後一個芋頭鹹蛋酥夾到仁仁小盤裡。仁仁說：「謝謝，不過我吃不下了。」

瀚夫瑞說：「你還可以說：這樣菜你做得太精彩了！我剛才已經用了很多，我真希望我能再多吃一口，可惜力不從心。」

他話音未落，仁仁已把他的話重複了一遍，字正腔圓，有板有眼。

晚江笑笑，說：「仁仁快成『卡美哈米亞』了。」

瀚夫瑞看著妻子，等待她解釋。

「卡美哈米亞是蘇的鸚鵡。」仁仁說。

晚餐斯文地進行下去。瀚夫瑞看看晚江，說菜做得真好，謝謝你。晚江說別客氣，你喜歡就好。她笑得醉迷迷的，他卻覺得她不在和他笑，也不想他來打攪她的笑。他想這母女倆在玩什麼花招，是偷著用他的信用卡花掉了一大筆錢？還是又把家裡廢棄的家具或電器走私到九華那裡去了？還是幫著蘇隱瞞了一樁劣跡？

這時聽見後門輕輕一聲。是蘇。很快聽見她的腳步伴隨酒瓶相擊的聲音往地下室走去。瀚夫瑞叫了一聲：「是你嗎，蘇？」酒瓶和腳步一下子全停了。瀚夫瑞又問道：「能請你過來一下嗎？」

「這就來。」

腳步過來了，酒瓶卻沒有。她當然是把它們留在門外了。

蘇出現在門口，一揚小巴掌，對每個人晃晃：「Hi.」她的樣子給人錯覺她心情不錯。在美國人人都會做這個「心情不錯」的動作。

「好久沒看見你了，蘇。」

「可不。」

蘇不像一般美國女人，麻木地和任何人擁抱。她從來不主動擁抱瀚夫瑞。

「你過得好不好？」

「還好，謝謝。」

瀚夫瑞想，不刺穿你了，連遛狗員的差事都常常誤。蘇和瀚夫瑞平心靜氣地問答，眼睛卻打量著晚江和仁仁，她不相信瀚夫瑞會好端端地會對她噓寒問暖，多半誰又告訴了他什麼，她眼睛飛快向酒櫃瞟一下，心裡「轟」地爆炸了——那高層的幾個瓶子好像給動過了。肯定給動過了。她後悔自己的大意，哪怕兌些水進去也好啊。晚江免不了四處揩揩抹抹，發現幾萬元的酒給人偷喝是遲早的事。她一走把這個祕密叛賣給了瀚夫瑞。

「我們家最近發生的事，你都知道嗎？」

你看，來了。蘇搖搖頭，十多年來壯起的酒膽一下子都沒了。

「發生了幾件大事。第一，路易要當今年『美食美酒節』的司儀。第二，仁仁通過了考試，要在下一個聖誕的『胡桃鉗』裡跳群舞。第三，九華出了車禍，不過現在已經康復了。」

蘇嘴裡深深嘆一聲：「真抱歉。」其實她是慶幸。幸虧還有個九華，不然她和仁仁、路易並列，對比多麼慘烈。她等著瀚夫瑞說下去。幾十個酒瓶在她眼前晃起來，十幾年的酒意一下子湧上了頭。

「還沒吃晚飯吧？」

蘇聽瀚夫瑞這樣問道。她不知道說了什麼，見晚江起身拿了一副乾淨碗筷。仁仁起身告辭，說蘇，少陪了。直到仁仁的鋼琴聲在客廳響起來，蘇才發現自己獨自一人坐在餐室。她覺得自己累垮了，剛才那一點家庭生活消耗了她那麼多。不由地，蘇同情起這家裡的所有成員來，他們每天都得這麼累。她想到世間的所有人，都一樣要無話找話地交談，要無動於衷地微笑，要毫無道理地擁抱、握手，說「我很好。謝謝。你呢？」「我也很好。」甭管她和他如何的滿心地獄。蘇同情他們。蘇從不累自己。她眼下只操心上哪兒弄筆錢，買些劣酒，灌到那些空酒瓶裡去。

13

大老遠就看見那一大截白脖套。據說九華得戴它戴一年。晚江慢下腳步，甩一下額頭上的汗珠，說：「你怎麼跑這兒來了？」傷好後的九華又高了兩公分。

九華今天沒在原處等她，迎出來至少一里路。

「爸讓我給你這個。」他把一封信遞給她。

十多年沒看洪敏的字跡了，比她印象中還醜，還粗大。晚江還是心顫的，想到這些粗大醜陋的字跡第一次出現在她眼前的情景。那年她十七歲。她從來沒有納悶過，這個形象如雕塑般俊美的男人怎麼會有如此不堪入目的手筆。信裡講到他急需一筆錢，否則前面投入的錢就等於白投。

「怎麼白投了呢?」她問九華。

「好像叫『Margin call』。就是讓趕緊補錢進去。」九華說,「補了錢進去,趕明得好幾倍的錢。」

「你爸這麼說的?」

「啊。」

「不補就等於白投了?」

「那可不。」

「那要是沒錢補呢?」

晚江瞪著九華。九華往後閃著身,意思說,我瞪誰去?

她要九華把她帶到一個公園,找了部公用電話,一撥通號碼,她就說:「咱們認倒霉,就算白投了!」

洪敏那邊還睡得很深。夜總會上班的人不久前才吃的夜宵。半天他聽出是晚江的聲音,問道:「你在哪兒呢?」

「沒錢了!大衣、鑽石全投進去了,還拿什麼補錢啊?」

洪敏叫她冷靜，別急。又問她站的地方暖不暖和，別著涼。晚江這邊聽他沉默下來，明白他在拿菸、找火，又打著火，點上菸，長長吸一口，又長長吐出來。

「投資你不能一點風險都經不住。」他說。

「他們不是擔保沒風險嗎？」

「是啊，他們是擔保了。可現在風險來了，你頂著，再堅持一把，就贏了。」

「沒錢你拿什麼堅持？」

「這麼多年，你沒存錢？」

晚江覺得給洪敏看破真情似的一陣難堪：我洪敏犧牲也罷了，可也沒給你晚江換回什麼呀。晚江你委曲求全、忍辱負重，時不時還要伺候伺候那老身子骨，也太不值啊。

「我存錢有什麼意思？」她說。她想說，我活著又有多大意思？

洪敏不吱聲了。他完全聽見了她沒說的那句話。過了幾口菸的時間，他說：「那你看怎麼辦？」

「就認了唄。誰讓你信那些騙子！」

「可我認識的人全靠這樣投資發起來的。有些人九華也認識，不信你問九華。」

「就算咱們運氣壞。」

「那房子呢?」

晚江馬上靜下來。是啊，她剛剛知道有錢多麼有意思，在入睡前和醒來後假想家具的樣式，庭院的風格，餐具的品味。她聽見洪敏起身，走了幾步，倒了杯水。洪敏也聽見她在原地踱步：向左走三步，轉身，再向右。

「那還需要補多少錢?」

「有三萬就行。」

「馬上就要?」

「儘快吧。」他不放心起來，「是不是跟誰借?」

「你放心，美國沒人借錢給你。」

她掛了電話想，在跑步回家的半小時裡，她得想出一個方案：怎樣取出瀚夫瑞為仁仁買的教育債券去兌現，怎樣從瀚夫瑞鷹一樣的眼睛下通過，在最短時間內完成這樁事。

早餐後晚江安排的一場戲開演了。先是瀚夫瑞接到一個電話，說自己是吳太太，半年前約了劉太太去給她和一幫太太們講烹調課的事，劉太太是否還記得。瀚夫瑞把電話交給晚江，聽她一連聲說「Sorry」，最後說：「那好吧，我隨便講講。」她掛了電話自言自語地翻日曆：「糟糕，我當時怎麼沒記下日期呢？」瀚夫瑞問她是否需要他開車送她去，她說不用了，吳太太開車來接我，大概已經到門口了。兩分鐘後，門鈴果然響了。進來的是小巧玲瓏的吳太太和大馬猴似的王太太。趁晚江還在樓上換衣服，瀚夫瑞盤問了兩個給拉皮術拉成相同笑面人的太太。來不及發現什麼破綻了，晚江已一溜小風地從樓梯上下來，給兩個太太裹挾而去。

由於事情來得突然，瀚夫瑞來不及拿到吳太太的電話和住址。於是在晚江來美國後的十來年裡，她的行動頭一次出現了長達四小時的盲區。瀚夫瑞想，好了，到此為止，事情絕不能就此失控。他知道人們把這盲區當作自由，一旦賦予它如此神聖的名義，人們就要不擇手段地來擴充它、延長它、捍衛它。他做了幾十年的律師，深知人是不能在自由盲區中好好做人的。

晚江下午一點鐘回來，發現瀚夫瑞沒有上樓去打盹。他問了問她示範的菜餚，原料是哪裡採買的？效果理想不理想？太太們的基本功如何？比如刀功？晚江溫婉自在，回答得滴水不漏。他心裡冷笑，明明聽出我在盤審，她卻一點抗議的小脾氣也不鬧，如此乖巧，如此配合，顯然把一件預謀好的蠢事完成了。

第二天早晨，瀚夫瑞居然跟著晚江長跑了。他跟不上，就叫晚江停下，等一等他。跑不了遠程，他要晚江陪他一同半途折回。晚江看汗水濕透了他整個前胸後背，心裡既憐憫又嫌棄。她想，你跑吧，看你能逞幾天的強。一個星期下來，瀚夫瑞竟跟上她了。多麼偉大的、奇跡般的疑心。

晚江從此連那半小時的獨立與自由也失去了。她漸漸虛弱下來，長跑一天比一天顯得路途遙遠，不勝其累。那個「一九〇」又遇上她，見她和一個老男人肩並肩，跑得稀鬆無比，驚愕地挑起眉毛。等「一九〇」跑回程時，又偷偷對晚江使了個眼色。他過去常見晚江和九華「約會」，現在又見她和老頭兒長跑哦，明白啦。「一九〇」感嘆：醜惡的故事是時常發生的。那對女同性戀也從晚江和瀚夫瑞身上得到啟示：看看他們這個荒誕的男婚女嫁的世界吧。

這期間晚江接到洪敏一個電話，叫她甭管了，一切都安排好了。她說什麼叫「甭管了？」

「就是叫你別操心。」

「我能不操心嗎？老人家分分鐘都會發現。」

「肯定在發現前錢能回來。你別操這個心。」

「萬一要查起那些債券……」

「錢說話就能回來。」

晚江給洪敏說定了心，便又回到他們日常的甜蜜廢話中去了。這時她在客廳裡，藉著監督仁仁彈鋼琴而擺脫了瀚夫瑞。洪敏說他真幸福，聽女兒彈琴又聽老婆說悄悄話。晚江身體一扭，說誰是你老婆。

回到起居室，九點了。瀚夫瑞從樓上下來，身上一股香氣。只要他在上床前塗香水，晚江就知道下面該發生什麼了。這種「發生」並不頻繁，一兩個月一次，因此她沒有道理抗拒。

昏暗中晚江暗自奇怪，她身體居然打開得很好，也是身體自己動作起來的。她驚訝這慾望的強烈：它從哪裡來的？它從無數其他場合與對象那裡吊起胃口，卻在這裡狠狠地滿足。它從剛才和洪敏的通話中吊起胃口，也從上樓前跟路易的一瞥目光邂逅中吊起了胃口。它此刻在滿足那永遠不可能被滿足的，它那所有無奈的、莫名的、罪過的胃口。

14

路易穿黑色禮服顯得很清俊。他那一團火的熱情也成了一種淡淡的冷調子。總之晚江給他的另一副形象弄糊塗了，不知該怎樣同他談話、微笑才得當。她的菜上場後，路易很快來到廚房，恭賀她的成功。他要她穿上禮服，參加最後七位廚師的謝幕。

「我頭髮一塌糊塗吧？」他問她。

她說正相反，很帥氣。

「那你這麼瞅我，我以為我做了一晚上的小丑呢。」

「你怎麼那麼不像你了？」

他笑起來，說：「我上班就這樣啊。」

她心裡突然一陣悲哀：洪敏要能這樣上班就好了。

謝幕時路易一一把廚師請到臺前，接受大家的掌聲。晚江是惟一一位女廚師，路易便一手攙著她，如同攙「天鵝湖」中的女主角那樣優美高雅地將她攙到人前。她向四面鞠躬，路易眼睛閃閃地看著她，王子一般充滿勝利的驕傲。

仁仁上來獻花時，她才看清老王子瀚夫瑞更加是充滿勝利的驕傲。然後由路易做東，他們四人去樓頂酒吧跳舞品酒。仁仁和瀚夫瑞跳時，晚江抽身出去，用公用電話給洪敏的夜總會撥了號。那邊說洪先生正在工作，請她留口信。她說請洪先生半小時後在電話旁邊等待。

她回到酒吧，瀚夫瑞剛下場，眼裡少了一些他慣有的冷靜。這是我最安全的時候，他以為一家三口都在幫他看守我呢。她挨著他坐下來，他拿起她的手，像十多年前一樣吻了一下。她有些感動，也有些觸痛。忽然抬頭，見仁仁和路易摟在一起，那麼青春美貌。她想好哇路易，你精心鋪墊了一晚上，全是為最後這一招。原來她從來沒有把火從仁仁那裡引開，她一個半老徐娘怎麼可能引開那樣的火呢？看那火現在燒得多好，多美妙，十個半老徐娘豁出命去，也救不了那火了。

瀚夫瑞把酒杯遞給她。她一口飲盡。然後她沒聽見瀚夫瑞說了什麼，便朝舞池中央走去。路易的嘴脣幾乎碰到仁仁的太陽穴了。人家才是一對花兒與少年。半老徐娘想，頂不頂用我都得試試，仁仁是她最後的、最後的希望。

舞曲正好結束，母親從女兒手上接過這個男青年。血統含混、身份不明的叫路易的男青年握起晚江的手，托起她的腰，下巴正對著她的額。她穿著低領的黑長裙，應該不那麼目的顯著。

「你今晚太美了。」路易說。

「哼，對每個女人你都是這句話。」

路易面皮一老，笑笑。她的胯貼了上去，他馬上感覺到了，手掌在她背上試探一下，又把她向懷裡緊了緊。她感到他的呼吸熱起來，蒸騰著她的頭髮。她身體已經不單單在跳舞了。他馬上感覺到，那種內向的舞蹈在她體內的動律。他是個喜歡討人歡心的人，女人的歡悅更能引起他的歡悅。他看到自己使一個女人顫抖不已的時候，他才感到最大程度的滿足。他覺得懷裡的女人正一點點走向那個境界，只是更深層的。他們表面上做的、聽的毫不相干，從女人的小腹動作，他也知道她實際上在做什麼。

「我是對每個女人都講這句話，但一半是假話。」

「你的女朋友聽得出她們屬於哪一半嗎？」

「得看哪個女朋友。」

「我怎麼從來沒見你把她們帶回家來？」

「我瘋啦？」

「哎喲忘了，你是開旅館的。」

她沒意識到兩人的談話已相當放肆。但她感到自己成功了。仁仁保住了。至少是今晚。保住一次是一次。她看見瀚夫瑞和仁仁跳得一樣活潑可愛，心想這美食節多來幾次多好，讓節制一生的老瀚夫瑞也失一失態。

「你看，仁仁今晚多美。」她下巴在他肩上一努。

「沒有她的媽媽美。」

她笑了，白他一眼：「不是真話。」

「有什麼區別——真話和假話在這個時候？」她想說，什麼時候？大家借酒消愁、借酒撒瘋的時候？但她看見他眼裡真有了什麼。痛苦？悵惘？他難道在說：由於我和你的一萬重不可能，我說真話又能改變什麼呢？他微仰起臉，不再繼續走漏任何心思。

不管怎樣，晚江今晚是成功了，為仁仁贏了一個安全的晚上。

她朝公共電話走去時，心裡十分得意。

洪敏如約等在那頭，嗓音很啞地問她怎麼神出鬼沒這時打電話。她說她在報上看到兩處房產廣告，價錢、地點都合適極了。她問他投資什麼時候能有回報。他叫她別急，合適的房越看越多，越多得越多看……

「我天天看。特別了解行情。你能拿出一部份錢來也行，先付定金。」她說。

「現在拿不出來。」

「為什麼？」

「投資又不是活期存摺，你想什麼時候拿就什麼時候拿。」

「五千塊的定金，總拿得出吧？」

「拿不出來。」

她聽出他想掛電話了。「你瞞了我什麼？」

「瞞你什麼了？」

「你把錢又丟了，是吧？」

「沒有。」

晚江停了一分鐘，什麼都證實了。她說：「再也沒錢往裡補了。你趁早別指望我。」

他一聲也沒有。她心疼起來，說：「是真沒錢了。債券都賣了。老人家問起來，我就得跟他挑明，我犯了錯誤，誤投了一筆錢。他不能把我怎樣。」

「晚江，那我們就沒那房子了。」

「等我攢了錢……」

「我們死之前，也買不了房。」

晚江不說話了。

「我跟人借了點錢。」洪敏說。

「什麼？」

「我跟兩個老女人借了錢。」他壓低聲音。

「你怎麼能借錢？拿什麼還？」

「她們有的是錢，說什麼時候我有，什麼時候還她們，不用急。」

「你明天就還她們！」

「為什麼？」

「你現在怎麼學會借錢了？過去我們那麼窮，也沒跟誰借過一分錢！」

「在這個國家，借得來錢，就是好漢，老人家一輩子借過多少錢？你問問他去！」

「那也不是你這個借法。你什麼也不懂！」

「我更棒，連利息都免還。看你急的，我保證儘快還上，好不好？投資一回來，我馬上還，行了吧？」

「那是什麼狗屁投資公司？快一年了光往裡吞咱的錢！我告訴你，你這回再收不回本來，我向警察舉報他們！」

「好，舉報這幫兔崽子！」

她回過頭，見瀚夫瑞站在男廁所門口，正看著她：「你在給誰打電話？」

「一個姓朱的太太。我忘了今晚是她生日，跟她說聲『生日快樂』。」她心裡太多頭緒，看著瀚夫瑞想，愛信不信吧。

15

聖誕節之前，九華突然上門。他眼睛越過替他開門的瀚夫瑞說：「麻煩你請我媽出來一下。」

瀚夫瑞說：「請進來吧，有什麼事進來談。」

「不了，謝謝。」

瀚夫瑞心想，這小伙子一派冰冷的禮貌倒頗難周旋。無意中倒是他把瀚夫瑞這套學去了。

晚江嘴裡問著傷痛還犯不犯之類的話，跟九華向前院走。瀚夫瑞明白，她昨晚一定燒了一堆的菜，要九華假裝順路來取一下。行為不夠高尚，出發點不失偉大；要過聖誕了，母親不能沒什麼表示。

他從窗紗後面看見九華和晚江在激烈談話。他猜不出什麼事讓晚江神色那樣嚴重。他愛莫能助地由他們去了。

晚江問：「哪幾家報紙？」

「舊金山每一家大報都登了。這兩個華人正在被聯邦調查局通緝。你去找報紙看，我又看不懂英文。」九華說。見母親發獃，他說他是送貨路上趕來告訴她這個消息的，客戶還在等他的貨。

九華走後，晚江回到客廳。路易早上看的報還攤在那裡。她讀了頭版的標題，馬上證實九華的消息屬實。洪敏投資的那個公司是個大詐騙案，兩個主謀挾帶幾千萬資金昨天晚上失蹤。絕大部份的投資者是家庭主婦和低薪移民，包括保姆、清潔工、園丁。

再也別指望洪敏的錢回來了。

下午那位大馬猴太太打電話來，客客氣氣地請晚江想想辦法，替洪敏把三萬塊錢還給她。一小時後小巧玲瓏的太太也打電話來，哭哭啼啼，說她先生逼得她活不了了，問她跟夜總會舞男搞什麼狗男女勾當，竟敢借兩萬塊錢給他。晚江哄她說，這一兩天一定把錢還上。晚江此刻站在後院。她食指捺斷電話，看著剪得禿禿的玫瑰叢林，心想，都衝我來吧。她知道瀚夫瑞在起居室看著她的脊背，但她哪裡還顧得上和他囉嗦。

聖誕夜，瀚夫瑞終於發現蘇喝空了他所有的名酒珍藏。他並沒有大發脾氣或當眾羞辱蘇，他只對蘇說，給我一點時間，讓我好好想一想該拿你怎麼辦。

瀚夫瑞是和戒酒組織聯合起來收拾蘇的。節日後的一天，早上八點戒酒組織的車來了。蘇知道頑抗是死路一條，便女烈士一樣挺著胸走去。在門廳裡，她從容地穿上鞋，把長年蓬亂的頭髮梳直，又往嘴上抹了些九角九的口紅。她的酒糟鼻不十分刺眼，目光也清亮。她大義一笑，說一切交給晚江了。烟出嘴唇外的口紅使蘇的笑血跡斑駁，非常的慘。晚江突然不忍睹地避開目光，兩手冰涼的給蘇握著。她說她把她的動物園託付給晚江了。晚江要她放心。蘇告訴晚江，她的四隻兔子是終日躲藏的，只管往食槽裡添蘿蔔纓子。她還說兩個貓一般不會打鸚鵡的主意，但絕不能對貓喪失警惕。

瀚夫瑞站在門邊，等蘇囉嗦完，說蘇，上車啦。蘇在上車前還在交待：一隻貓食慾不振，體重減輕，拜託晚江多給牠些關照。她說若是貓需要進醫院，去向路易借錢。你這時認為蘇就是一位女烈士，而劊子手是瀚夫瑞。不止瀚夫瑞一人，連晚江都插手了殺害。這家裡的每一個人都盼望穿紅色絨衣的蘇快給結果掉，包括仁仁和路易。

晚江看著蘇給塞進戒酒組織的車。她的紅絨衣是仁仁十二歲扔掉的，黑色皮包是晚江用膩的。處理蘇就像處理一塊瘡。九華自己知道自己是這家的瘡，自己把自己處理了。蘇卻渾噩地存在，不時作癢作痛，令人們不適。

你什麼時候處理我呢？晚江看著瀚夫瑞太陽穴上的老年斑，明白他要一個個地收拾大家，蘇只是個開頭。他肯定已查看過貂皮大衣和債券。

長跑中晚江不再理會瀚夫瑞的「等一等」。她說這樣跑她窩囊死了，對不起了，今天她得痛快一次。她撒開兩條優美纖長的腿跑去。

她知道瀚夫瑞不久就會放棄。果然，他放棄了。沒什麼可怕的。

還怕什麼?昨天她給瀚夫瑞寫了封信,將洪敏、投資、買方一一向他攤牌。你看,我就是這麼一隻雌蜘蛛,暗中經營一張大網,毫無惡意地獵獲了你。收拾我吧,瀚夫瑞。信的結尾她說,很抱歉,瀚夫瑞,一切都不可挽回了,我還是帶仁仁走吧。

她讓仁仁把信掛號寄出。仁仁說,讓信在郵局打一轉再到瀚夫瑞手裡?你們在搞什麼鬼?她指的「你們」是她的親父母。晚江說,過兩天你就明白了。

跑到目的地,晚江面朝金門大橋坐下來,看著一輛輛車駛過橋去,她希望能看見九華那輛新卡車。不經意地轉臉,她吃了一驚,瀚夫瑞竟遠遠地追來了。

她不知怎樣已下到坡下,向一輛計程車招手。估計瀚夫瑞已上到了坡頂,正東南西北地搜索她。他以為只是個不巧的錯過,等他回到家,晚江和早餐都會十年如一日地等在那裡。他怎樣也想不到,等他回到家,晚江已到了洪敏的住處。

晚江途中讓計程車在公共電話旁邊停下。鈴響了十多遍,洪敏卻不在。她立刻明白了:所有躲債的人都會拔掉電話線。她又打電話去夜總會,從那裡得到洪敏的住地。

看清門外是一身運動服的晚江,洪敏才驚魂落定。她若不扯嗓子叫起來,他是絕不開門的。問都不必問,她也看出老女人逼債逼得有多緊。她要他拿上錢下樓去,計程車司機還在等她付車錢。他從掛在椅背上的褲兜裡摸出錢包，嘴裡卻說，好像是沒錢了。似乎怕她不信，他把錢包打開，給她看見裡面惟一一張一元鈔票和三個角子。她說那就快去銀行拿吧。他笑笑，說銀行也沒錢。兩人就站一會兒，她說，去鄰居家借一下，五十塊就夠了。

他出去後，她看一眼他的皮夾，裡面是她二十歲的一張照片。她從來沒來過他的住址，但這氣味她熟極了。窗簾似曾相識。她想起來，她曾從瀚夫瑞車庫裡找到它，又把它偷運到九華住處，顯然再由九華那裡淘汰到此地。窗下的寫字檯上放著幾個外賣飯盒，裡面還有乾得十分難看的肉和菜。一個巨大塑料碗是盛泡麵的，現在裡面盛了足有半斤煙頭。躲債的人菸癮大得嚇死人。

她推開壁櫥，見裡面放著兩套舊高爾夫球具，掛著五六件高爾夫褲。還有一套馬球裝和馬球棒，一堆靴子。他在跳蚤市場上買來這些闊佬們的垃圾，指望哪天投資發了財，也會些闊佬的娛樂。

她走進浴室。浴缸旁邊有許多塊旅館的小香皂。洗臉臺上，也堆滿小香波、小潤膚露，一次性刮臉刀、一次性梳子。要這些小破爛有什麼用呢？大概她徐晚江在十年前也會幹同樣的事，貪佔小便宜，積攢留之無用、棄之可惜的小東西，最後就把它們擱在這兒落灰。假如不跟瀚夫瑞生活，恐怕她今天還會像洪敏一樣。可洪敏居然宿過這麼多廉價旅店？她讀著一把把梳子上的客棧名稱，心想，或許老女人們把這些破爛當禮物送他的。她絕不追究他。她徐晚江難道乾淨？

洪敏回來了。睡眠太多，他臉浮腫得厲害。

「我要回去了。」他說，「東西叫九華來幫我收拾，完了拿到他那去。」

「什麼時候走？」晚江問。要不是她腦筋一熱跑來，他招呼也不打就扔下她走了。

「明天。」他說。

「後天吧。」果然啊，你也躲我的債。

「票是明天的。」

「後天走。」眼淚流下來，她視覺中他的臉更浮腫了。

他搖搖頭。

「後天我就能跟你一塊走。」

他走上來，抱住她。她把臉貼在他肩膀上，嗚嗚地哭著。她心裡清楚她後天不會跟他走的，大後天，大大後天，都不會了。是跳蚤市場買來的高爾夫球具，還是廉價客棧拿來的一次性梳子讓她看到了這個痛苦的結局，她不得而知。或許從他借老女人錢的一剎那，結局就形成了。

「別胡鬧，你在這兒好好的。」

「我要跟你走！」

「我有什麼用？無知、愚蠢。」

她在他肩上使勁咬一口。他一聲不吭。她抓他的臉，啐他，「那你就打算把我們母子仨撇下，自個逃命啊？冤有頭債有主你不知道啊？你跑了要我抵債是不是？要是我不來，你就賊一樣偷偷跑了，我們的死活你也不管了！」

她明明知道他是無顏見她才打算悄悄走的。

「我回北京，好好做幾樁生意，有了錢，買個兩居室。我們團的陳亮記得吧？公司開得特大，老說叫我去呢。」

聽不下去了，她轉身抄起高爾夫球棒，朝他打下去。多年前她動手他是從不還手的。所以他站著，任她打。打得他跌坐在地上。這個高度打起來舒服了，她兩眼一抹黑地只管掄棒子。最後棒子也打空了，才發現他倒下了。她喘著氣，心想，沒什麼了不起，我這就去廚房開煤氣。要逃債大家一塊逃，要走我同你一塊走……

她眨眨眼睛，滿心悲哀地想，這樣壯烈的事，也只能在幻覺中發生了。十多年前，她做得出同歸於盡的事。現在只能這樣了：抹抹淚，回家。洪敏開車送她。一路上兩人相互安慰，說只要不死，總有希望。

16

回到家她跟瀚夫瑞說她碰見了個大陸來的熟人，兩人去早餐店一塊吃了早點。她想，最晚到明天，你就不必費事盤問了，信上我什麼都招了。

到第二天傍晚，那封掛號信卻仍沒有到達。晚江問仁仁，是不是把信丟了，仁仁說她可以起誓。那麼就是她慌亂中寫錯了地址？粗心的仁仁填錯了掛號單？郵局出了差錯？仁仁這時根本顧不上和她囉嗦，她一心要去跟瀚夫瑞談判。

晚江在廚房旁觀「談判」的進行。

仁仁抱著蘇的一隻貓說：「借五百塊，不行嗎？」

「不行。」

「獸醫說，只要把腫瘤切除，牠說不定會活下去。要不切除，牠就會很快死的。」

「我不擔心這個，我擔心動手術得花一大筆錢。你認為值得為這隻貓花這麼一大筆錢嗎？」

「那是我的事。」

「借不借給你錢，是我的事。」

仁仁一下一下地撫摸著體溫不足的貓。她抬起眼睛，死盯著瀚夫瑞。「要是我求你呢？」

「你求求看。」

「你原來這麼殘忍。」

「那是你的看法。」

「蘇的看法一定和我相同。」

瀚夫瑞忽然把目光從屏幕上移開。他深深地看著女孩，說：「你看見蘇是怎麼回事了吧？想想，我會讓這房子裡再出一個蘇嗎？」

女孩一時不懂老繼父的意思。她說：「我求您了。」女孩突然妖媚地笑一下，很快意識到這笑有點低三下四，臉紅起來。十五歲的女孩從來沒有低三下四過。「就算你為我開了大恩。就算你救的是我。」

「蘇來的時候，也四歲。看看，我能救她嗎？我什麼都試過了，最後我還是把她交給戒酒組織去救。蘇可能這輩子沒救了。她痛苦嗎？不痛苦。痛苦的是她的繼父，我。」瀚夫瑞的痛苦深沉而真切。按說他不該向十五歲的女孩暴露這些，但他不願在女孩眼裡做個殘忍的人。

女孩垂下頭。當天夜裡，貓不行了。仁仁獨自守在蘇的地下室裡。晚江不放心，披著厚絨衣下來陪她。兩人一聲不響地面對面坐在長沙發上，貓伸直四爪側臥在她們中間，更扁了。早晨四點，貓溢出一小泡尿，嚥了氣。仁仁抱著貓向院子走時，鸚鵡醒了，腦袋從翅膀下面鑽出來，嘴裡不清不楚地咕嚕作響。從貓進入病危，牠的夥伴，那隻三腳貓就不知去哪裡逛了。晚江告訴仁仁，是貓就是三分精靈，三腳貓才不要回來，在牠的伴兒身上提前看自己的下場。晚江也不知這說法哪裡來的，有沒有道理。

在貓死之後的一天，晚江發現一隻兔子下兔崽了。仁仁一下子緩過來，每天回到家就跑到蘇的地下室，一雙眼睛做夢地看著八隻兔崽吧咂有聲地吃母兔的奶。她看一會兒，長長嘆一口氣，接著再看。電話鈴響了好幾遍，她都醒不過來。電話是個男人打來的，上來就叫「心肝」。晚江聽了一陣明白他叫的「心肝」是蘇。蘇也有把她當「心肝」的男人，儘管她頭髮桿氈、酒糟鼻子、塗九角九的口紅，都不耽誤她去做人的「心肝」。正如兔子們，在床底下度日，一樣有牠們的幸福和歡娛，一樣地繁衍壯大。

掛號信仍沒有到。每天看瀚夫瑞坐在吧臺前用一把銀刀拆開所有郵件，然後問：「晚餐準備得怎樣了？」她便知道，這一天又過去了，槍決延緩執行。

九點半她又聞到瀚夫瑞身上香噴噴的。她覺得自己簡直不可思議，居然開始刷牙、淋浴。

隔壁院子幾十個少男少女在開 Party。音樂響徹整個城市。

她擦乾身體，也輕抹一些香水。洪敏這會兒在家裡了，趿著鞋，抽著菸，典型斷腸人的樣子。

少男少女的 Party 正在升溫。無論你怎樣斷腸，人們照樣開 Party。

密語者

她一面是對格蘭的滿腔憤怒，一面又是對密語者的一腔柔情：他那麼懂得我，雖然隔那樣遠。一時間，她義無反顧地愛上了那個人……

這人問喬紅梅是否記得他。他看著她跟著一個高大的美國男人走進餐館，然後兩手鬆鬆地抱在胸前，一隻腳虛支出去，站成一個美好的消極姿態。他說喬紅梅就這樣和他臉對臉地站了半分鐘，等著領位小姐指定餐桌。在那半分鐘裡，他向她笑了一下。他的座位迎著門，他認為喬紅梅不該錯過他的笑。他那時手裡拿著打開的菜單，正打算點菜，聽見一個異國情調的女聲說：「還好，人不多。」他一抬頭，看見了她，喬紅梅。下面，就是他給她的那個讚賞的微笑。很少有人躲得過他的笑，男人、女人、熟人、生人，都躲不過他火力極強、命中率極高的笑，他這樣告訴她。

喬紅梅讀到此處，歇一口氣。網上來的這個人顯然把她昨晚的一舉一動都看在眼裡，口氣稍稍有那麼點放肆，但她喜歡他的行文，是尼采和艾米莉・狄金森的融合。

他說喬紅梅跟在她丈夫身後往窗口的餐桌走，長頭髮的清爽氣味他都聞到了。她走過每一桌，眼睛不失體面地瞥一下桌面上的菜餚，或者圍在桌邊的面孔。就在這時，他見她轉過臉。她是朝他轉臉的，這人判斷道，因為每個被盯得太緊的人都會感應到一種危險。一點都不是玄說，尤其對她這樣一個感知豐富的女人。他說她看去二十八歲，最多三十歲，但他知道她其實不止了。好了，喬紅梅朝身後掃一眼，眼光在他臉上逗留了一下。至少他認為有那麼個逗留，這網上來的多情人。

他看她丈夫替她脫下外套，隨手拍了拍她的臉蛋。她那個輕微的躲閃並沒有逃過他。他說真好啊，證明她的肌膚還沒有麻木，還會拒絕毫無意味的觸摸。他問她是否自己設計服裝，柔軟而皺巴巴的麻質長褲和綴玻璃珠的涼鞋使喬紅梅驚人地性感，鞋使腳基本裸露，腳面上閃著幾顆無色透明的珠子。

她「唰」地起一身雞皮疙瘩。先四周看一眼，再看寫字檯下的腳。有這樣露骨嗎？腳也可以勾勾搭搭的？確實如此。細帶上的玻璃珠露珠一般、汗珠一般。她的丈夫從來沒有過問，珠子怎樣從窗簾上到了她腳上，發著性感暗示，讓能夠領會的人去領會。她並沒有這方面的想法，卻讓他一語說穿。

還有上衣。他說她的上衣也非常妙，染色的線繩編織的，在不同光線、不同動感中就是不同顏色。是你的手藝吧？他問喬紅梅，那麼不規則和異想天開。

下面他談論起她丈夫來。他說他看上去很聰明，也很精神，是老了一點，沒錯，但總體來說蠻好，很配她。總體上，在一切人眼裡。除了他，他看的不是總體。

喬紅梅想，離間來了。

不過都不重要，對不對？他說下去。帶一點欺負人的獨裁腔調，也有一點詩意和多情。掩藏在薄情下的多情，女人誰受得了這個？他說重要的是，他看出喬紅梅對丈夫整個是封閉的——對不起，這兒他不得不提到「心靈」。他要她原諒，他用了「心靈」這種奶油兮兮的詞，要她千萬別把他當成一個奶油兮兮的愛耍文學腔的人。他看到的不止是她對她丈夫的封閉；大致上，她對整個觀賞環境心靈都關閉著。他解釋說：我並不想挑撥你們夫妻關係；我絕不是這意思。

他就是這意思。她心裡說。

她的丈夫是個愛說笑話的人，一看就知道，可他誤認為把妻子逗笑就沒事了。他看喬紅梅在丈夫科出包袱時仰脖子哈哈了幾聲，其實她一直在跑神。丈夫自己笑得面紅耳赤，她呢，嗔怪地斜睨他一眼，表示被這個不傷大雅的黃笑話小小得罪了一回，像所有的中產階級知識分子妻子，像所有無救的美國良家婦女，從男人們無法幸免的骯髒中得到一點小小的娛樂，同時拿出管教他們的姿態。

可他看出，她在裝假。他說他從來沒遇見過像喬紅梅這樣的女人，裝假裝得這麼棒。她對於她的丈夫，是作為一個祕密話者，喘氣兒、吃飯、笑。因此這人對喬紅梅深深著了迷。到此處他另起一行，說他得到喬紅梅的 E-mail 地址，是偶然也是必然，她大可不必驚慌失措。

喬紅梅在鍵盤上「嗒嗒嗒」地敲擊起來，說她並沒有驚慌失措，只是覺得這個遊戲玩的人實在太多，她就不想玩了。並不難猜想他得到她網址的手段，她的學校、圖書館，她許多熟人和半熟人那裡，都能找到她的網址。如今網上賣機票、賣電話卡、賣 CD、賣書、賣二手貨，她的網址他們都有，她從來不問他們獲取她網址的手段，是光明還是黑暗。她告訴他，她每天打開信箱，百分之九十的造訪者都是他這樣花言巧語的陌生人，提供她高利貸、逃稅方法、賴賬手段，提供她降價首飾、護膚良方、色情娛樂，男妓或女妓，難道她會驚慌失措？她把她對這人的一點動心藏在丘八式語言後面。然後她謝了他的奉承。他馬上回答了。他說奇怪，喬紅梅怎麼把他的話讀成奉承了？他並沒有稱讚她美麗。並且他真的不認為她美麗。「著迷」在英文裡是死心眼的好奇罷了，他對死刑犯、妓女、政治小丑都著迷。

喬紅梅意外了。許多人說她是美的。這人倒讓她碰了一鼻子灰。她眼睛搜出他那句「驚人的性感」，發現他語氣冷靜、客觀，還有凌駕之勢。她想他這樣輕微地羞辱她，倒是突然拉近了他和她的距離；他突然可信了，實體化了。她想她可真是賤骨頭，他讓她的虛榮心落空，她反而來了和他交談的勁頭。

她的手指敲擊起來。她說：「謝謝你的直爽。不過我不習慣和一個陌生人議論我自己。」她讀了一遍，把其他字刪除掉，只留下「謝謝直爽」。這樣好，酷，不動聲色。他看這個句子時，會看到反守為攻的她，帶一個老手式的淺談，意思是：來吧，看咱們誰先把誰逗急。這人反應很快，說他不認為直爽是美德：「你就不直爽，你這謎一樣的女人。」有挑逗的意思了。喬紅梅站起身，想緩衝一下此刻的興奮。她竟然非常戀戰。他把她看成謎之後，其實他對她也形成了一個謎。

她拿起茶杯，喝一口水，發現什麼也沒喝著，杯子是空的。她得緩衝一下，戰慄可不妙。她讓這個不知底細的人順著電線這根藤摸過來了。繞過丈夫格蘭，摸進這間十四平米的書房。喬紅梅在鏡子前面站著，按他描寫的模樣，一隻腳虛支出去。她拼命地想昨晚餐廳裡的人，所有的面孔，卻是怎樣也記不起了。但他是存在的。陌生的存在漸漸有了形態和質感，有了低低的體溫，就在這間十六層樓上的屋裡，在她渾然不覺的丈夫隔壁。

喬紅梅走出書房，向廚房走，手裡拿著空茶杯。她忽然抬頭，見丈夫格蘭一身運動裝束。格蘭說他出去跑步，回來一塊吃早餐。她說好的，祝你跑得快活。他深棕色的眼睛在她臉上多留了一會。她問怎麼了？他說很好，你看上去氣色很好。你也是，她說。她正要回書房，門又開了。格蘭把一個快遞郵包從門縫裡塞進來。她拿過郵包，猜出裡面是兩本書。格蘭做教授的第一大優惠是買書錢可以充稅，所以他隔一天就有一個寄書的快遞郵包。她隔著茶几把書往沙發上扔，沒扔進，落在地上。她不去理它了，端著水往回走，又覺自己態度有問題，再走回沙發，撿起書，放妥。杯裡的水灑在格蘭珍愛的古印地安地氈上。據說圖案上的紅色是取某種蟲血染製的。

回到電腦前，喬紅梅一口一口呷著杯中的冰水。二十分鐘後，回信來了。他猜想喬紅梅一定想弄清他到底是誰。他說他身高五呎九（並不算太高），體重一百五十八磅（身高很合她的意）黑頭髮、黑眼睛。個人背景：耶魯大學英文系本科生，哈佛讀完碩士後，修了一年博士課程，半途而廢。他父親留下的遺產在一位投資顧問手裡運作甚好，因而他打消了做博士公子哥的念頭，索性做一個公然而誠實的公子哥兒了。他說他和喬紅梅是同一類人，很難忠貞於某個人和某項事業。他在看見喬紅梅的一刻，就在心裡感嘆，肉體的忠貞是最容易因而最次要的。

喬紅梅看著一行行自我拆穿式的介紹，感到這陌生男人漸漸在她眼前推成了一個特寫。不是面目，是氣息。她進一步被他吸引了，儘管她對他的富翁父親、優越學歷保持百分之八十的懷疑。她說你難道暗示我不忠貞嗎？他回答道：我沒有暗示；我在指出你的不忠貞，我相信你是個智慧的女人，明白我們不必扣「忠貞」的字眼。你心靈從來沒忠貞過一分鐘。他再次抱歉用「心靈」這種似是而非的詞。

喬紅梅說，好吧，隨你便，不忠貞就不忠貞吧。她往椅背上一癱，不想辯解。這人話鋒一轉，說別這樣，你跟所有人都這樣，希望你跟我別這樣。我們要好好地開頭。他這一步邁得過大。喬紅梅對他突然出來的體己有些反感。他馬上看懂了她，寫道：別誤會，我會給你足夠的時間適應我，在一切都未開頭之前。又是幾分鐘，她沒有意識到自己在啃指甲。他又來了兩行字，要她鬆弛，別那麼恐懼，否則他馬上退出這場約會。他把它叫作「約會」，喬紅梅玩味著。他說他只是想了解她；她手指甲被啃成那樣，絕不會無緣無故。

喬紅梅條件反射地一下攢緊拳頭。他連她手指甲上的嚙痕都看見了。餐館裡她難道咬了手指甲？不會，公共場合她一般不會的。並且，在和格蘭出門前，她貼了一副逼真的塑料指甲，一般上點臺面的場合，她都這麼幹。假指甲不過份修長，看上去健康而潔淨，絕不是公司女接待員，泰勒街暗娼九百九一副、色彩艷露的那種。他說喬紅梅把指甲啃食成那樣，必定有原因。

她一隻手在鍵盤上敲打，塗塗改改，問他到底跟蹤了她多久；她不相信昨晚是他頭一次見她。

他不置可否。

雖然興奮，喬紅梅還是有點毛骨悚然。她說她咬指甲的習慣是幼年留下的毛病。他說他將會知道真正的病因。

你少跟我來這套，盯了我的梢，偏要弄出神機妙算的意味，喬紅梅心裡說。在鍵盤上，她卻問他同時向多少個女人發送同樣信息。這人倒也不直接抵賴，沒有謊稱除了她他不向任何女人發此類信息。他說眼下沒有合適人選值得他發送。她問什麼是「合適人選」。他說像喬紅梅這樣極度含蓄、極度不安份的女人。

喬紅梅想「極度不安份」大概是準確的。

他說昨晚在餐館裡，他始終在觀察她。她的右側，是一排不鏽鋼護壁，她的那一半側影，被投射上去。這樣他看見她裡面那隻手的動作；撩動披到臉上的頭髮、輕揉右面的太陽穴，撥弄也是無色透明的珠子耳墜、用吸管攪動飲料。他看到她的不耐煩，膩味，而別人卻把那看成嫻雅、從容。他還形容她的目光，說她眼裡有種邀請。邀請人們的關注嗎？不止。他看出她的眼睛在邀請愛撫，（真正的愛撫）邀請人與她玩眼神、玩感覺。甚至邀請進犯、邀請征服和佔有。這眼神使她不同凡響，使她所有動作、語言都不足為信。他從未見過如此曖昧的女人。他相信他就在那時被誘惑了。

門被叩響。她還沒來得及反應，格蘭的面孔已伸進來，上面一層紅暈和汗水。她問他跑得是否舒暢。他說好得不能再好，一塊吃早飯吧。她說一分鐘之後就來。格蘭說哇，你今早真美，眼睛在燃燒。說著他修長的身體越過寫字檯拐角，嘴唇撅起。這是早晨必定有的吻，誰也休想躲掉。

喬紅梅馬上迎著格蘭的親吻站起來。唯一阻止他的辦法是立刻跟他去吃早餐。她的阻擊成功了，格蘭沒有多心，去瞥屏幕上的詞句。格蘭的手扶在喬紅梅腰上，往廚房走。這個初識不軌的東方妻子在他手掌下年輕柔韌，毫無破綻。

撇在身後的，是她和陌生男人眉目傳情的證據。

這人再次出現是三天之後。給她足夠的時間享受懸念。他說對不起，他失約了，他唯一的女兒突然到達，這三天裡他的一切都屬於她了。他說他已經有十一年沒見女兒；他每年寄的生日卡片都被如數退回。

這就是說，他至少四十五歲。當代美國男人三十歲做父親比較普遍。喬紅梅問他，女兒為什麼退回生日禮物。他回答生日禮物被留下，退回的是寫有賀辭的卡片。禮物被重新包裝，以別人的名義，禮物還是禮物。他口氣實事求是，毫不渲染，但她看到了創傷。這個人的陌生頓時退去一大半。創傷絕不虛無飄渺，創傷使無論多不同的人相互認同。她和這個極不可靠的人接觸，創傷突然使他可靠了。

她問他他的女兒和他長得像嗎。他回答說，女兒的頭髮像她母親，其他都和他一模一樣。她說一定小巧玲瓏，像個混血姑娘。他識破她的圈套，說他最討厭混血姑娘。他說你不必猜測我的血統，我們注定要見面的。

注定？

注定。

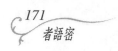

夜很深了。能聽見格蘭房裡的音樂。他讀書或寫作總是需要伴奏。此刻是夏洛特・車爾赤在為他的閱讀伴奏。薄荷露似的聲音。謝天謝地，在油爆爆的世界滴入夏洛特的薄荷露。

這人和她默不作聲地打量對方，一個在夜色這頭，一個在那頭。

他說他今天下午把女兒送上了飛機。然後便想到了她。他說不知為什麼女兒使他想到她。也許女兒也有種絕不好接近的樣子，也是面上一套、心裡一套的溫順沉默。

她問他：難道我面上一套、心裡一套？

他說任何一個表面像她這樣順從、任何一個有她這副緘默微笑的人都有這問題。餐館裡，他看見她接過菜單，看也不看，把選擇馬上讓出去。他看著她丈夫為她點白葡萄酒、紅葡萄酒，她點頭微笑，做出很是領情的樣子。而她的腳呢？那近乎完全赤裸的腳在打一個節拍。那支祕密的曲子。她在祕密地自得其樂。

她問他是否精通心理學，或者人類行為學。

他說你不要擔憂我會游手好閒，也別費勁猜我是否有個正經差使開銷生命。我什麼都不做，又什麼都做。你會知道的。我們快要見面，不是嗎？

喬紅梅吃不準了。她想和他見面嗎？見面會意味什麼？她聽見夏洛特在隔壁純潔地歌唱。格蘭也在熬夜。大概他在等他用功的妻子，看看能不能等來一次做愛。

她寫道：今天就談這些，我丈夫在等我，我必須去睡了。

他說：好吧。你肉體還蠻慷慨，也算純潔。祝你銷魂。

他有什麼資格妒嫉呢？喬紅梅心裡好笑。

他問下次約會是什麼時間。

她說不會有下次了。這是她突然做出的決定。她不給他插嘴的時機，一鼓作氣敲著鍵盤。她說她的丈夫非常愛他，他們為得到彼此身敗名裂過。用中國俗話，叫九死一生。她不應該背著他進行這種約會。她說，謝謝你的關注；也謝謝你為理解我所費的心。

然後迅速下網，關掉電腦。呆了一陣，她無力地站起身，去撳電燈開關的手臂幾乎抬不起來。光亮和黑暗間的一霎，她瞟到一個女人的身影，驚得險些大喊。再撳亮燈，發現那是鏡子裡的自己。她幹的好事，在書房裝什麼鏡子。她從來沒見過這樣陌生的自身，面孔油潤紅亮，眼睛水滋滋的。是頭暈目眩的眼睛。還有嘴唇，還有胸，女人在經歷肉體出軌時才會有的容顏，大概正是這樣。它提前出現在她臉上身上。她的肉體比她走得更遠了，多麼不可思議。得徹底切斷他順藤摸瓜進來的這根不可視的線索。

她重重坐回轉椅上，兩腳一撐地，把轉椅撐回桌面。打開信箱，他的回答已等在那裡。會是什麼樣的回答？她想她絕不會去讀。無非是用更有說服力的話向她證實他對她的理解。或者會刺她一句，(像說她並不美麗那樣刺激她上鉤)說喂，你想哪兒去了？我並不想做你的情人，讓你背叛你丈夫。混血女子我都消受不了，何況你這純亞洲血統的女人？

她想不管他的回答是什麼，她都絕不上鉤。

而下一秒鐘，她已在瞪著他的回答了。回答只有一個字：「Fine」。

竟這麼好說話。他乾脆、俐落地答應了她：「Fine」，就此終止了一切糾纏。

她瞪著他的「Fine」。真的罷休了？他不失自尊地、甚至是冷傲地微微一笑：「Fine」。眼睛是哀傷的。未必哀傷，或許是好笑的；所有小題大做的女人們在他看就是那麼好笑。他兩肩輕輕一聳：「Fine」，然後轉身走出，惆悵是惆悵的，但自制能力畢竟極好，修養更不用說。他兩手插在褲兜裡，憑任風吹亂一頭黑髮，勻稱而矯健地離去。留一個漸漸小下去的背影，很是古典。

喬紅梅怎麼也沒想到他會這樣輕易收兵。倒是她成了沒趣的那個了。她不知自己在窩囊什麼。一個公子哥兒從她這走一，馬上會去挑起下一場艷遇，她不是從此清靜了，省事了？

她一行行逆著讀他的每句話。他主要是寫他的女兒；他們的三天相處。真切深記的父親感覺，就在那一個個簡潔的句子裡。三天，他以不可思議的眼睛注視他緘默的女兒，講起他對她可憐的一點記憶，突然從女兒緘默的笑容裡意識到，同樣的話他已對她講過了，可能不止一遍地講過——他曾經怎樣在夜裡抱著她，從四樓走到一樓，再從一樓走回四樓，為了不吵醒她的母親和鄰居們。女兒看著他，神祕的表情，態度嚴實地掩藏在那表情後面。她真是莫測得很，突然噴出一聲大笑。笑他可憐，每個父親都有如此精彩的記憶。或許她想起她母親的話：父親對於她的投資，就是一尾精蟲。於是他帶女兒出去，去最有名的風景點，沒完沒了地為她拍照，為她買漁人碼頭的首飾和工藝品，帶她去那帕桑拿按摩，哪怕她朝某件昂貴服裝多看一眼，他也會去為她買下來。他還是在女兒的笑容裡看到，他可憐透了，他還是一尾精蟲。會討好的、捨得花銷的一尾巨型精蟲。

喬紅梅想像他的女兒，十四歲一個小姑娘。她想像那細長腿的小姑娘消失在登機口的昏暗中，這人忽然想到，自己到底是個什麼東西。是一個用電子信去同陌生女人胡攪蠻纏的男人。是一個在餐館或咖啡館獨坐，靜靜等待她喬紅梅這類獵物的人。也許在開車從機場回家的途中，他就有心改邪歸正，為了女兒。

那天深夜，她和格蘭做了愛。好久沒那麼好的效果了。似乎她借了格蘭向另一個人釋放激情，也似乎格蘭不知怎麼顯出一種陌生。然後她滾翻身就睡去，當然是假裝的。她怕格蘭開口講話，破了那魔咒。

一連七天，喬紅梅不上網查郵件。這人好說好散地消失了。她咬指甲的毛病惡化起來。她發現她咬指甲不是因為緊張，恰恰因為平靜。無事可期盼的平靜。

到了第八天，她給他發了一則短信息，請他介紹幾本最新心理學讀本。她壓根不提上次不太好的收場白，以及這些天她尋尋覓覓的心情。

沒有任何回音。

三天後，她把同樣的短信又發一遍。並加一行解釋，說她怕上封信遺失，沒到達他的信箱。

還是沒回音。她臉面也不要了，一連氣地拿短信轟炸他。

喬紅梅啃著指甲想，看來他倒是一位紳士呢，一諾千金，說到做到。或許他那顆羞於提及的心靈不再空洞，裡面裝進了失而復得的女兒。無論什麼原因，使他堅決不理會她，都使喬紅梅感到窘。此刻他在幹什麼？在電腦那端，好笑地看著她，失望而萎靡，一頭煩燥的頭髮，指甲根根殘缺？好笑她打起讀書幌子，企圖邀回他的關注，並久久挽留它。她的假裝正經、不甘寂寞在他看實在好笑，他就是要這樣窘她。一個易受勾引的女人就該狠狠地窘。又等了兩天，喬紅梅踏實了，也認了窘。她開始趕拉下的功課，收攏神志聽格蘭談他的事。好好聽格蘭講話，還是有所收益的。他說他在課堂上老要學生注意，卡夫卡用第一人稱很多；《變形記》表面是第三人稱，實際是第一人稱，除了最後一段，葛里格作為甲蟲死去之後。他說人稱的選擇是小說成功的祕訣之一。《麥田捕手》若不是第一人稱就死定了。米歇爾．布托爾的《變》若不是第二人稱，完全是部三流作品。

喬紅梅看他嘴角沾一顆麵包屑。年紀大起來，第一表現是吃東西拖泥帶水。她說：電腦上來信都是第二人稱。

格蘭說：我們在心裡和自己說話、討論，通常是第二人稱。所以電腦上若有人來和你長談，等於你自己和自己談話。

喬紅梅一想，格蘭畢竟聰明，像是察覺了什麼。

不再和他通信，他的身影反而清晰起來。黑頭髮、黑眼睛，對自己浪漫內心永遠批判的那種微笑……但她會忘淡他，一個女人一生有多少這樣的曖昧邂逅？誰都經歷過短暫的鬼迷心竅。

就在他說完「Fine」的第二十五天，喬紅梅再次收到他的信。

他說她走進圖書館時像個走失的孩子。他猜她或許在讓眼睛適應室內的光線，也許她想找個好些的讀書位置。他說她那樣迷失地站了許久，有一剎那，他幾乎要投降了，認為喬紅梅肯定認出了他：餐館留下的淺淡記憶和圖書館的某個面影突然間神祕重合。他正打算從他的閱讀閣裡站起，她卻走了，自製的布書包上兩根流蘇動得非常生動。他說這是她多日來背過的五個書包中最美的一個。

喬紅梅大吃一驚：這人原來一天也沒離開她；並不像他自己表現得那樣悲壯，古典騎士似的踽踽獨去。他像一個陰魂，不為人知地時時參與她的生活。

他看見她沿著一排讀書閣往裡走，正進入最靠裡的桌椅時，右腿磕碰了一下。他聽上去都痛。那塊瘀青比一歲孩子的掌心還大，他猜道。

讀到此喬紅梅停下來，起身關上房門，把睡裙一點點撩上去。果然，在右膝上方，一塊青紫。她盯著它，回憶這天下午圖書館內的情景：她進門似乎是蕭條時分，一多半學生在打瞌睡，年紀大的讀者似乎連抬頭的都沒有。

這人究竟貓在哪裡？

他說自己的童年、少年、成年，大多數時間在圖書館度過。像博爾赫斯，區別是他不寫小說。他說他原以為憑他的意志是能了斷的。他真的不想再打攪喬紅梅，以及他自己。人有了渴望是不幸的，他希望喬紅梅贊同這一點。她可以制止他寫信，但不能制止他的迷戀。喬紅梅讀得身上熱一陣冷一陣。二十多天的沉默，使他再現時容顏憔悴，兩眼黑色的激情，但整個人還那麼冷調，喬紅梅痴痴地想像。把她心目中最中意的一個男性形象套在他身上。他說別給我任何回答，你的任何回答都會讓我受罪。

她馬上回答了，說很高興又能和他交談。她正欲發送，又覺不安，改為「很高興得知你一切都好。」

他在五分鐘之後回了信，說喬紅梅的話和他女兒一模一樣，都是那麼小心，怕流露了真實心意，讓他撈感情的稻草。他說他女兒離去多日；寫給他的唯一一句話就是「很高興地知道你一切都好」。他說：「你們似乎比我更知道我好不好。」

喬紅梅說：我看見你失望的樣子了。

這人說：失望是我一貫的樣子。

喬紅梅突然發現，失望一詞，他拼寫錯了，少了個「a」，成了「Disspoint」。她馬上靈機一動：這人會不會是個外國人？比如意大利人？希臘人？俄國人？……？？他問她那條藍底白花的長裙從哪裡來，充滿異國風情。

她告訴他，那叫印花布，是她生長的那個村莊裡的土產。過去村裡的農家女都會織這樣的布，雨天你走在那條兩旁是農舍的石板路上，就會聽得見這家那家織布機木梭走動的聲音。喬紅梅沒有意識到，她已開始向這人展開了她的由來，她的歷史。那個她曾經憎恨過的江南村莊，在她向他搖移的畫面中，竟然相當美麗。她讓他看大全景中的它，黑瓦粉牆、烏篷小船、無際的金黃菜花。她推近畫面，是中景了：一座石橋，橋上走過放牛的孩子。孩子中的一個小姑娘，六歲或七歲，便是她。她生在文革那年（你知道文化大革命吧？）目不識丁的父母給她起了個時髦名字：紅梅（Red plum blossom）。她說她幾度想改掉這個鄉氣的名字，卻狠不下心來。畢竟父母只生養她一次，只命名她一次。

他回答說他看見了這個萬里之外的水鄉小村莊。看來你很愛它，不是嗎？愛它才有這樣的筆調。

她一驚。她從來不認為她愛過它。她不惜一切地要逃離它。逃離它之後，她對生人撒謊，想把它瞞住。她曾經認為哪裡都比她的村子好，那麼孤陋寡聞、井底之蛙般的村子。在她懂事後，來了一幫叫作「知青」的人，進一步證實她對它的直覺；他們整天講它的壞話，和她一樣認為它是地球上最醜陋的地方。她怎麼會愛它？

她說：你大概又要失望了；我一生的努力，似乎都要遠離我的村子。越遠越好，最後一次走出它，是九年前。我下決心永遠不再回去。走過村口的紀念碑，我不知怎麼停下腳，看了一眼上面的名字。二百一十三個少女的名字，是一夜間死去的少女。我從來沒有好好看過她們的名字。她們死去後的第二年，我的母親出生了。那年冬天，出生的全是女嬰，似乎是死去少女們的替補。我一個個念著紀念碑上和我一樣鄉氣的名字，我的小姑在第六位，我的兩位姨姥姥，在第八十和八十一。村裡當年三個姓氏的女孩，從六歲到十八歲，一夜間全死了。那些生前被叫作「賠錢貨」的少女們，全死在一九三七年十一月的一個雨夜。連日本兵都驚得一聲不吱。日本兵在傍晚時分進了村，在每座房舍裡搜尋中國兵、糧食和少女。家家都只剩下老人和男孩。一個日本兵發著脾氣地朝一個稻草垛捅下刺刀……（等等，我向你描述我家鄉的稻草垛嗎？許多好事、醜事，可怕的事都發生在那些稻草垛下。它們終年立在那兒，知道許多人所不知的祕密：見不得天日的定情、氏族間的仇殺、不得已的墮胎……）等刺刀拔出來時，局勢突變了。這日本兵看見刺刀尖上有鮮血，在初冬的夜色裡冒起細微的白色熱氣。日本兵又扎一刀。這一刀下去，血便從刀尖往下滴了。稻草垛卻抖也不抖，不出一聲。十分鐘後，所有日本兵圍住村裡二十多個稻草垛，刺刀從四面八方捅進去，沒有一刀不見血。一個個稻草垛還是如常的沉默，沒有一根草哆嗦。翻譯開始喊話，說想活的快出來，馬上要放火了。稻草垛不動，無語；如同慣常那樣，吃進多少祕密，卻從來不吐。汽油潑上去，火虎嘯獅吼地燒起來。日本兵拄著長槍，看火中的稻草垛先成金的，後成紅的，最後成黑的，灰白的草末灰動撣起來，在稠膩的冷風裡起舞。空氣都是血肉焦糊味，飢餓了幾天的日本兵趴在地上嘔吐出膽液。他們不必去查點，也大致清楚這場戮殺的戰果。而他們一點也不得意，為著什麼不可名狀的理由悻悻、沮喪、窩囊。人們最終也沒有勇氣揭開一個個成了灰燼的草垛。他們心照不宣地拭去刀尖上未乾的血。一個村的女孩被他們殲滅了，這點他們心裡有數，但她們那樣溫順、沉靜接受了滅亡，他們為此失魂落魄。接下去，他們放棄了對整個村子的燒殺擄掠，深一腳淺一腳開拔了。這是他們在侵略中遭遇的最不尋常的一次抵抗。

喬紅梅寫到這裡，發現兩眼脹脹的不再看得清字跡。她從來沒想到會為自己的村莊如此自豪。她從來就沒有發現二百多個犧牲的少女如此震撼她，也沒有發現她們的犧牲有如此的意義。是她賦予她們的意義嗎？或者原本就存在的意義被她突然追尋了出來？這人在讀了她的故事後只回了一句話：「面對這樣一個故事，我完全啞然。」

她想告訴他，她從來沒把這個故事告訴過別人，甚至沒有告訴過她的丈夫。她不知為什麼。或許在她為它找出意義之前，它只是所有抗日戰爭慘烈故事中的一則。她沒有向格蘭講述它，因為她向他撒了謊；就像她對不少人撒謊一樣，只想為自己捏造一個出生地；內蒙、西藏都行，都遠比那個缺見識、缺胸懷的小村莊強。她對格蘭謊稱是黃山人，她想黃山的偉岸替代小村莊的小家子氣。

喬紅梅卻克制了自己。她只向這人原原本本把村莊的歷史講下去。她說村裡自從少女絕跡後，對女孩的態度完全變了，再不叫她們「賠錢貨」。犧牲的二百一十三位童女成了全村人的護身神明。他們開始重女輕男，送女孩子進鎮上的學校而剝削男孩子的勞力。（再一次證明村民們的狹隘和愚蠢）。村裡漸漸有了女孩遠走高飛的風氣。去鎮上念書的女孩們，很難再回去嫁村裡的男孩。她的母親家境太差，沒有去鎮上念書，因此母親的夢想，就是養一個女兒，送去鎮上念書。

這人說，我現在正看著你，兩眼鄉愁，心裡有一點疚痛。你為自己大動感情感到莫名其妙。你難為情了，把臉掉轉開。

這人「看到」的竟大致準確。喬紅梅說，謝謝你的耐心，聽我講了一個離你十萬八千里的故事。知道美國人不喜歡悲劇，我丈夫就不喜歡。她一想，不對，她這算什麼？講格蘭壞話嗎？便刪掉最後的句子。

喬紅梅走進圖書館是下午四點。她按事先想好的路線，徑直往洗手間方向走。兩臺飲水機，一高一矮，她選擇矮的那臺。水形成一個很好的拱形，她的嘴唇破壞了它。她眼睛向身後掃了一圈，沒人跟著她。她向左走，一邊抽出面巾紙擦嘴上和面頰上的水。

大約三十步左右，她一共瞥見六個人。都不可能是他，太年輕。這樣一走，她已巡視了五分之一的圖書館面積。一個女人跟她悄聲「Hi」，她也悄聲回應。這座大學城一共不到十萬人，在圖書館常常碰到熟面孔。她繼續走著，似乎是找人，又似乎是找位子。又是五分之一的面積。加上她從門口走到飲水機，多半個圖書館已被她搜查過來。她站下來，迅速感覺一下，身上是否有一份灼熱的注意力。似乎有的。

她找到一臺電腦，坐下來飛快地打開信箱。

這人說他看著她款款走來時，就試圖把她昨夜講的故事和她聯繫起來。他有一點明白，她是怎麼回事了。他說他從來沒見過像她這樣一份對故鄉沉重而扭曲的愛。

喬紅梅想，他把它叫愛，好吧。

他說沉重和曲扭給了她獨特的儀態。或許這正是使他欲罷不能的原因。他就那樣看著她在草坪上走，並不是存心埋伏她，渴望使他不由自主。他看她從公寓的大玻璃門出來，在草坪上和一個牽狗的熟人寒暄，說天氣有多好，希望它好下去。然後喬紅梅給了狗一個甜密撫摸，看得出，她和動物相處得自然、舒服。她撫摸狗時，長圍巾墜落到地上。他說那條圍巾使她原本沒有想法的一身裝束一下子有了強烈的宣言。那瀕臨滅絕的圖案和染色使偌大一片草地蒼白了。那紅色讓他想到古印地安人織地毯時，把一種甲蟲碾碎而得到的紅色漿液，那樣飽和，看上去都腥氣。它和個任何一種紅色都不同，就是古老的性本身。（看來他對古印地安地毯也有興趣）。喬紅梅就這樣一步步走來，身姿依舊謙讓而躲閃，背向那座蒼白的布爾喬亞公寓樓。它的十六層樓裡住著這所大學的十多位教授，過著蒼白的生活。

他連樓裡有幾位教授都摸清楚了。喬紅梅向四周看一眼。旁邊一個男孩在捂嘴大笑，正和看不見的談手聊得火熱，據說他們在網上可以開 party，十多個人七嘴八舌，空間距離幾千英里。

這人說他對自己感到吃驚，竟會如此無情地丟棄他一貫的行為準則，屈從渴望，幹著不大上檯面的事。草坪四周有些長椅，他坐在某一把長椅上。在她與他距離縮短到二十米時，他對自己說，好吧，讓我登場吧，只需站起身，朝她伸出一隻手。但就在喬紅梅離他五步之遙時，忽然向身後的公寓大樓轉過身，朝十六層的一個陽臺揚了揚手。他看見她手勢家常，笑容也很家常，充滿對眼下生活的安全感和麻木。從他的角度，他看見一把未撐開的淡藍遮陽傘和白色塑料桌椅，她的丈夫伏在欄杆上喝早晨的最後一杯咖啡。因此他沒有起身，與她正式開場。也許他還要再等等，等渴望造成的沒出息感覺過去；不僅渴望，還有些不可告人的朦朧企圖，他坦白地告訴她。

他怕他從文字後面走出來會控制不住自己。你身上有對男人的默許，慶幸的是只有極少數男人看得到它。

他語氣又變得相當「尼采」了，喬紅梅想。

走過他的長椅，她的蘋果啃完了。她把蘋果扔進一個垃圾筒，掏出皮包裡的紙巾，擦了擦嘴和手。牽狗的熟人走回來，她背轉身去，希望別再寒暄第二次。卻失敗了，首先狗不讓她混過去。狗豎起身體，兩爪抱住她大腿，熱誠裡藏著不可告人的朦朧動機。她呢，跟狗的主人都不去識破那動機，只說這樣的早上真好！

這人斷定喬紅梅認識狗的主人有多年了，雙方都嚴密控制關係的進展。他說喬紅梅從垃圾筒轉身的一剎那，便是另一個人；隨俗、近情理，尊重小布爾喬亞的蒼白友情。他說誰能想像呢？她這樣一個女人從那麼個小村落裡走出來；那個曾把二百一十三名少女供上祭臺的村落，那個讓女兒們遠走高飛的村落。

她告訴這人，她感謝他讓她好好認識了一次自己。她說他的洞察力，那近乎神準的感知能力，使她第一次產生敞開自己的願望。她的祕密不僅對別人是祕密，甚至對她自己也是祕密。她說有些祕密是必須守口如瓶的。第一次意識到她有了那樣的祕密，是一九七七年，她十一歲。還是冬天，還是稻草垛。八個知青全走光了，僅剩的一個是男孩，十九歲。他常躺在稻草垛上吹口琴，吹累了就對村裡的孩子們講南京、上海、美國。他講著講著會突然停住，有時嘴裡還含著半句話。他這個時候的樣子很奇怪，眼睛挨個看著這群鄉下孩子，像是一分鐘前剛降落到他們中間。然後他用完全不同的口氣說，你們多幸福，反正生長在愚昧之中，也就感覺不到了。他說哪天起火就好了，把所有稻草垛燒起來，然後就再沒有絆住他的這個愚蠢小村莊了。他在所有同伴離開之後又耽了一年，罵罵咧咧，鬍子拉茬，三天抱病兩天臥床的一年。這一年那個叫紅梅的小姑娘從他嘴裡聽了許多故事：美國有個林肯，英國有個培根，還有個拜倫和雪萊。不論他向孩子們講什麼，都會突然轉回來，用他所講的來參照小村子的渺小、可憐、無知。就在他開始認命時，發生了一件可怕的事，他被燒死在一個稻草垛裡。穀場上的幾個稻草垛那一夜全燒成了灰。因為有人看見他誘拐了村裡女孩，不止一次，他和女孩們消失在柔軟的稻草裡。

村裡的孩子們對他永遠的消失黯然神傷了許久，表面上卻是仇恨他的。女孩們會哼唱他留下的口琴曲，並不知道那全是俄羅斯民歌。

喬紅梅說，多奇怪啊，你看，我在見到格蘭的一刻，突然想到了這個男知青。現在她要這人來看看第一次出現在她眼前的格蘭：四十九歲，兩鬢有些白髮，卻長著小伙子身段。和所有外教不同的是湯普遜教授的自信、成熟。那是喬紅梅做走讀生的第二年。格蘭·湯普遜走進教室，背挺得筆直，竟無樹大招風的顧忌。他朝學生們說了聲中文的「早上好」，然後他說他會的第二個中文詞是「打開水」，第三個詞是「肉包子」。說到此他停下來，等待著什麼，幾分鐘之後，他說：「你們怎麼沒笑啊？剛才我給你們時間是讓你們笑的。」他告訴學生們，他有個在中國任過教的同事，回到美國警告他，「打開水」是最重要一個詞，不然就會錯過一早在走廊上送開水的服務員，連咖啡也喝不成了。「肉包子」也很重要，不然飲事員會給你沒肉的實心饅頭。他還會一句中文，「我愛你」。他看著學生們瞠然的臉說，他學會它是為了記住它並絕不去說它。也是那位同事警告他的：一旦你對某女生說了它，你在中國的日子就慘了，血淋淋了。他用的是英式粗話，「血淋淋」在此處一下子去掉了他的書生氣。他說同學們一定要提醒湯普遜教授，尤其可愛的女同學們，千萬別讓他脫口說出「我愛你」來——他可是個唱情歌的老手。

喬紅梅寫到這裡，意識到自己在微笑，對著她自己筆下的格蘭。她意識到格蘭是極富吸引力的。她對這人說，你無法想像我聽格蘭吐出三個中國字時的感覺：「我、愛、你」三個字超出了他嘴巴的掌握，他的樣子於是像個孩子。格蘭舔舔嘴唇，聽一個大膽的女生糾正他發音。他又來一遍。喬紅梅簡直不再敢聽他。那些字眼在他嘴裡是生澀青嫩的，正因為此她不忍去聽。她到十多年後也不能解釋她當時的感覺，是不忍看他四五十歲一個教授當眾耍猴，還是不忍看他不知深淺的天真。

大家笑得很響亮。喬紅梅卻沒笑。她想她究竟對什麼著迷起來了？她從來沒見過這樣的男人，傻呼呼一上來就把自己亮出這麼多。從此她想接近他，替他排隊打乒乓球和網球，為他去醫務室竊取酒精（他用酒精做起司火鍋），帶他去胡同裡拍照，帶他去西單擠服裝夜市。她似乎忘了自己是個中尉軍階的軍方翻譯人員，也忘了自己有丈夫，婚姻美滿，費了九牛二虎之力從南方調到了北京，並剛剛分到一居室住房。她知道她的處境在一天天嚴峻起來，女同學們別有用意地問她某件新衣服從哪裡買的，當她回答它不過是西單夜市的舶來舊貨時，她們會裝腔作勢地稱讚她的眼力，並紛紛請她再跑趟腿，代她們買件類似的回來。

一次在食堂吃飯，格蘭走進來，坐在幾個女生中間。他說外教食堂沒飯了，大家是否能賞他一口。女生們爭著去賣飯窗口排第二次隊，買回十幾種菜來。這時她們發現格蘭眼一亮，人從凳子上欠起身，回頭一看，是喬紅梅走進來了。湯普遜教授嘴上在和她們瞎逗，眼睛一直在喬紅梅身上。她們恍然大悟，他突然到學生食堂來，是為了見她。她們以瞧好戲的心情，邀喬紅梅坐過來一塊用餐。那天喬紅梅恰巧很樸素，白襯衫綠軍褲。不一會，格蘭問喬紅梅：「你看你袖子上沾了什麼？」她說：「噢，墨水。早就有了。」女生們一聲不吭，聽他倆談話。格蘭又問墨水怎麼會到袖子上呢？喬紅梅說是她畫上去的；考試考不出來，就在袖子上畫圈圈，最後畫成了一個墨團子。格蘭說可以洗掉的，她說不可能，她什麼辦法都試了。大家眼睛看看湯普遜教授，又看看喬紅梅。她們想，肯定有絃外之音，卻又聽不出它究竟是什麼。湯普遜教授這時說：「你試的方法不對。你把它給我，我給你洗。」

女生們全抽口冷氣。

格蘭什麼也沒意識到，又說：「你把它交給我好了。明天我保證還你一件毫無汙點的襯衣。」

喬紅梅對格蘭的坦然是有所了解的，但坦然至此，她還是措手不及。她含著一口飯，臉憋得通紅。然後說湯普遜教授該改行，改湯普遜洗染店。

格蘭認真地說他做慣家務，到中國來家務少了，覺得反而沒事讓他打打岔，分分心。他說不信你們看，我保證不像我看上去這麼蠢，至少衣服洗得很地道。

女生們不久都告辭了，把十幾份菜留給格蘭和喬紅梅。兩人冷了一會場，喬紅梅知道壞事了。

喬紅梅告訴這人，那是她和格蘭關係的轉折。

她對著女同學們孝敬湯普遜教授的一桌菜，看了格蘭一眼，說：「這下我們怎麼辦？」她當時不知道這個意義含混情緒曖昧的句子營造出一個祕密空間，不僅區分出內與外來，也對倆人形成巨大壓力。逼他們儘快標明事情的屬性，以及彼此的名份。

格蘭像孩子那樣看著她：「我講錯什麼了？」

「你真的要給我洗襯衫？」

「真的。」他還不明白哪裡不對勁。

「你沒救了。」喬紅梅說，心裡從來沒有過那樣奇異的感動。她真是衝動地要摸摸這老兒童的腦袋，告訴他心裡想什麼，嘴巴千萬不能說。他心裡一定是把她看得十分親近，於是他當眾就把這親近拿出來，給大家看。

「我不可以為你洗衣裳嗎？」他問。

她反問：「你會給其他女同學洗衣服嗎？」

他說：「那得看誰。」

她追問：「誰呢？」

他說：「講不清楚。感覺上我會去做，就去做。每個人給我的感覺不一樣。」

喬紅梅在鍵盤上敲著，告訴這人她從那天起知道什麼叫「孤立」。格蘭卻仍請她在課堂上朗讀課文，誇獎她發音準確，有時誇得過火，超出一個老師對學生的誇獎，比如他會說：哇，多優美的嗓音。她心裡想，格蘭不過是坦坦蕩蕩在跟著感覺走，卻讓她吃盡苦頭。每一個同學，無論男女，都認為她命也不要地在勾引教授。她對這人坦白；十多年過去，今天她明白，當時她確實在追求她的教授。追求從第一堂課就開始了，她的追求不緊不慢地向格蘭撒出一張網。她不能沒有追求，她是個追求男人的女人。她的前夫也是她追求來的。她說她知道自己是那種禍水式的女人，不停地興妖作怪，至少內心如此。追求起來，她像男人一樣無畏、不計代價，不顧後果。她又補充：我指的是男人是當年的格蘭，下面我會告訴你，他的追求有多悲壯。歇口氣，喬紅梅又來一句，沒想到我們追求到的，就是今天的彼此。

看來你失望了。這人插話說。還是少一個字母的「失望」。

是的，又有一點上當的感覺。從我的小村莊到了南京的軍校，不多久，我就體會到這種淡淡的失望。小村莊外的世界，遠不如那個男知青講述的那麼大，更不如我想像的那麼大。我還想看更大的地方，我指的是未知的，像格蘭剛出現時，每句話每個行為，對我都打開一片未知。就連他最小最不經意的一個動作。比如繫鞋帶嘴裡叼著太陽鏡，端相機時把棒球帽沿往腦後一推，拿起膝蓋上的餐巾輕抹嘴角……我就是在一個此類小動作之後，明確地知道，自己愛上了他。

這人問她是什麼動作。

喬紅梅心裡一陣溫暖。她在剛與格蘭戀愛時，常會有這樣一股暖暖的柔情在心裡一湧而過。這熟識的溫暖此刻已顯得相當陌生，似乎有很多年沒出現過了。她把這感覺告訴了這人。她接下去講述起格蘭請她去建國飯店的那個晚上。那是在她被同學們孤立了近兩個星期之後。對晚餐豐盛與否她已經記不清了。應該是豐盛的吧，格蘭在中國時，往往為他們兩人點六個人的菜。飯後送來了賬單。注意，下面就是要細看的鏡頭了。格蘭並沒有停止嘴上的輕聲談笑，眼睛也沒離開她的臉，右手伸到西裝左側的內兜裡，抽出一個黑色皮夾。他還是那麼漫不經意，以食指和中指鉗出一張信用卡，向上一抽。動作小得不能再小，卻是揮金如土的動作。他跟她還在談、談；偶爾糾正一下她的英文句法，總是溫存地道聲對不起。服務員把單子又捧了回來，他從口袋拔出筆，落在賬單上。只看見他手腕動了幾下，再有力地往斜上方一提，完成了一個簽名。完成的，是一個來自最富有國度的，神氣活現的形象寫照。是不在乎金錢的有錢人的一記手筆，給她一個關於錢的全新概念。她在想，一個國家得多富有才能養出這樣一種對錢的翩翩風度。她不明白動作怎麼給格蘭做得那麼好看，那麼美國式。回去的路上，他們乘公共汽車。那是八點多鐘，天剛黑透。格蘭嘴裡呼出淡淡的酒氣，和餐後的咖啡味混在一起。星期日晚上，人們趕車回家，車擁擠得很。她和格蘭面對面站著，酒意在體內膨脹起來。她在車子猛一晃動時拉住格蘭的手。就像合了閘一樣，淤積的滾熱酒意一下淌散開，疏通了。

她對這人說，到今天她都為自己的魯莽、情急、不顧臉面而驚訝。那時她想也不去想，她和格蘭的出路在哪裡，她只想在那一刻愛他。她要把那一刻的格蘭攻打下來，劃屬給自己。她說格蘭回答了她，成全了她。他的手反過來緊緊握住她的。不久，格蘭的手順著她赤裸的手臂摸上去。他的手指變得冰冷，最後停在她連衣裙的領口，她的鎖骨上。她告訴這人，即便是觸摸她女性的最核心點，也不會有這觸摸引起的反應強烈。她體內出現一種昏黯的動作，一種朦朧的張弛。她說，哦，你可不知道它多麼好，又是受罪，又是享福。

這時喬紅梅覺得有點異樣。轉過臉，見她鄰桌的男孩正看著她，撇下了網上胡聊的一幫人。她在他眼裡是個網上來思春的女人，兩頰紅潮，目光渙散。她馬上離了線，快步走出圖書館。男孩在大門外追上她，問她要不要大麻，上等貨。原來他把她當成毒癮發作，乘機敲她一筆。

回到家喬紅梅便接到石妮妮的電話，說她出了事。石妮妮是學校音樂系的學生，也和喬紅梅一樣，拿一個學位又拿另一個，靠獎學金開工資。她比喬紅梅小五六歲，常說要拿下某個富翁。對於她的終極目標，妮妮很磊落，碰上打她主意的男人，她會說別費事了，你反正是跟我玩不起的。妮妮嗓音很高，又脆又甜，是美國人討厭的那種不性感的小女生嗓音。這時石妮妮卻忽然降調，聲音裡一多半是呼吸，吹得人耳朵眼癢癢。她說告訴你吧，我拿下了一個三十二歲的百萬富翁。

喬紅梅說，好樣的。

石妮妮挽年輕的富翁擁有高檔男裝連鎖店，全歐全美全世界的富翁都買他的衣服。他馬上給了石妮妮一份活兒，在他的一個分店做經理。年輕的富翁雖然領導服裝潮流，卻喜歡留長直髮穿牛仔褲的亞洲女孩。因此石妮妮說她一屋子半遮腚的短裙統統作廢。她吵個不停，嗓音又高上去，說上一個富翁給了她一副又白又齊的牙，這一個不知會不會替她修修臉上的暗瘡。

喬紅梅笑起來。石妮妮的優點不多，但十分突出，上來就會告訴別人她又自私又庸俗，嫌貧愛富，不夠資格的躲開些，免得受她禍害。她知道自己在大多數人眼裡是塊笑料，但她不在乎。

喬紅梅說妮妮你來電話正是時候。

妮妮馬上說：你有事求我就免開尊口。

她不理她，只管說下去：妮妮，我這事還非得你幫忙不可。

你不知道我這人從來不幫別人的忙？

你到網上幫我發一封信，裝得孤苦零丁，飽受創傷。

我是飽受創傷，妮妮說，她自己也笑死了：說吧，喬紅梅，你要我去禍害誰？

就發一封信，說你在一個偶然的場合見到他，不知怎麼特想和他談談。喬紅梅把信箱和信的主旨交待給妮妮。這是她靈機一動的想法，想改變一下她在這場周旋中的被動地位。

妮妮問要不要放上一張她的相片，相片上暗瘡反正看不出，她說。對了，給個一張全身的！妮妮大聲叫道，我的玉腿玉胸怎麼樣？沒得說吧？

喬紅梅不同意，說妮妮的全身照太色情。

妮妮問：這個人是誰？

喬紅梅說：一個富翁。

妮妮說：我拿下來算我的？算你的。

夜裡石妮妮來電話，說「富翁」沒理她。

妮妮把她的電子信轉發過來，喬紅梅讀了兩遍，認為基本是那個意思。她指示妮妮，放一張直長髮、牛仔褲的相片上去。

放下電話，她見他有新的信件來了。

他說他在想像她現在在做什麼。子夜，杯子裡是茶還是酒？

她捧著茶的手緊了一緊。

他說他看見她在寬鬆的起居袍裡，頭髮一半在領口裡。他說他喜歡她所有的形象。柔軟寬大的衣服下面，她小小的胴體使他痛苦。

喬紅梅一陣燥熱。

他說一些感覺落實成文字就不是那麼回事了。這是他正處的困境。他想傳達給她的，是從感覺到感覺，中間沒有文字自以為是的詮釋。滋味、氣息、觸碰……文字怎麼可能講得清？舌尖舔在一顆剝去皮的葡萄上的感受，那感受只能是舌尖和葡萄之間的；那一舔感受到的圓潤、半透明的質地、多汁和成熟、獨屬葡萄而不屬於任何其他物質的滋味……他說他已經把它寫走樣了，已是他強加於沒有文字的舌尖和葡萄的感覺了；這感受是舌尖和葡萄間的一個祕密，只有它們自己知道。文字永遠嫌慢、嫌笨，太過實和具體，太過生硬和粗暴。她的嘴濕潤起來，胸脯似乎在變化。

想像一下吧，他說，舌尖碰到的是一塊細膩膩的乳酪，或一滴三十年的紅葡萄酒，或一顆激情的乳頭……這之間，感受一言難盡；那祕密近乎罪過的感官狂喜……他說文字太令他失望，一寫就背叛了感覺。但他相信，她悟到他在說什麼，這是他和她之間的祕密懂得。正如舌尖與葡萄、與酒、與乳頭間的祕密……

她不知自己怎樣下了網，回到臥室。格蘭還在讀學生的讀書報告，在一蓬燈光下顯得那麼祥和。一縷灰白頭髮耷在他額上，面部線條十分鮮明。他摟了摟她，吻一下她的耳朵。全是日常俗禮，舒適而麻木。她卻不知為什麼拉住他的手，把它擱在自己胸上。格蘭很久沒有這樣和她做愛，回到十年前似的。完畢後他問：你沒事吧？口氣很擔憂。

她心裡慚愧之極。只要格蘭不出聲，就不再是格蘭。她怎麼會這樣下作？肉體其實已私奔得那麼遠。

她一夜沒睡，清晨五點起床，給他寫信。

她說她感謝他的出現，使她自以為遺忘了的感覺又回來了。他打開了她，從心靈到肉體。但它已發展得可怕了，她不能拿它做毒品。她將更感謝他的消失。

早餐之後，他已有回信來，問她是否打算換網址。

她避開提問，說希望這是最後一次讀他的信。

他說不管怎樣，他會常常看她從草坪上走過。

她不再說什麼，最後狠狠擊一下鍵，下了網。

她下午有一節課，匆匆抓起書和筆記本，向客廳走。格蘭不知什麼時候走了，留了一份午餐給她，是快餐店買來的三明治。她打開塑料保鮮薄膜，嫩粉色火腿在兩片黝黑的麩皮麵包中間，傷口一樣裂開。

喬紅梅走上草坪時停住了。她四處張望，然後目光定在十六層的公寓樓頂。那兒是這座大學城的制高點。

她跑回去，卻發現通往樓頂平臺的大門上著鎖。她很快在地下室找到樓房管理員。他非常客氣，問她上平臺有何貴幹。她說看看風景。他說恐怕不行，他無法向住戶協會交待。她說她不去自殺，他笑嘻嘻回答說那誰知道。她說不放心你和我一起上去。他兩個眉毛一挑，表示她的邀請很妙，他很領情。緊接著他又回到空服員那種永遠不想跟你混熟的微笑，說他可不想上那兒看風景。他話鋒一轉，謝謝她為公共洗衣房捐的書。洗衣房有個爛書架，誰有舊書就放上去，供大家在等衣服時讀。人們常常把書拿回家，又把家裡的書換上去，因此形成一個方便的小周轉。

喬紅梅問他怎麼知道她捐了書。

他說因為她捐了許多書。

她說書上並沒有她的名字。

他說一定需要名字嗎？他眼睛忽然很神祕。黑眼睛。黑頭髮。個頭五尺九寸左右。喬紅梅在下課時開竅了，那個密語者可能是誰。樓房管理員的形象和早先的文字形容相符。並且他了解每家每戶的背景、經濟狀況、感情局面。

第二天中午，喬紅梅看見管理員從草坪上走過，手裡拿著一份三明治。她坐在自家陽臺上，戴一副太陽鏡。管理員的馬尾辮被風吹動起來，頓時添出一點哀婉的風流感。你看，我也可以把你鎖入我的瞄準焦距。遮陽傘稍微傾斜，陰影特別理想。你看，我也能呆在暗處，而把你亮在明處。管理員坐了下來，坐在被鴿糞塗得花斑斑的長椅上。看來他要在喬紅梅的瞄準中吃午餐了。她和他成了大俗套兇殺片的典型鏡頭。

她輕輕晃動二郎腿。

他卻沒打開三明治。從十六層樓上的位置看，他是顧盼的。他在等一個人。她看管理員不斷看錶。她也看一眼錶，十二點五十九分。毒販子一般會準時到達，管理員的臉色是輕微的吸毒者。

一個女人走過來，紅色頭髮，胖而高大，像個生過一群孩子的好心愛爾蘭主婦。她手裡也是一份三明治。這個自由民主的大國人口眾多，卻只有那麼幾樣餐點。一個被快餐統一的聯邦。女人和管理員邊吃三明治邊讀幾頁紙。不久，他們的手動起來了，在腿上打著節拍。喬紅梅從椅子上站起，伏在陽臺欄杆上。

他們在排練一段歌劇。是兩個業餘演員，在本地歌劇團跑龍套。唱得來勁，女人肥壯的大巴掌在管理員背上一通的拍。管理員夠忙的，卻還有一份閒心和人密語。

她見兩人分手，便趕緊下樓去，走入地下室時，他正從洗手間出來。看見她他向後一個小小的趔趄。喬紅梅一樂，看，我也能殺你個冷不防，也讓你驚得趔趄。他不失禮貌地暗示她，他是有門鈴的。她說真對不起，失禮了，可門是大開著的。他說又要去看風景？他這回笑得放肆了一些。她說她的鑰匙丟在家裡了，能不能借用一下他的電腦。

他以歌劇龍套的姿勢，向她擺出一個古典邀請。

她盯著他。眼睛：深棕；頭髮：黑色；耳朵：偏小（但輪廓優美）。她將他的特徵掃描，在腦子裡一一登記。

他仍藏在某個歌劇角色後面，戲腔地對她說：哪裡，為你這樣迷人的女士效勞，是我的榮幸。他有些緊張，表面上和她耍貧嘴。然後他走到寫字檯前，為她拉開帶輪的轉椅。她又看他一眼：這就是引發我傾訴慾的那個人？才華還是有一點的，一手好文筆瞎糟蹋在她這兒。他問她要不要來杯什麼喝的。她說隨便，有什麼我就喝什麼。點擊兩下，電流在她和他的空間裡吱吱尖叫起來。

她接過他遞來的白水。這個騙取她信任和激情的人，祕密或公開地跑著許多龍套。新信箱一片清淨。只有妮妮一封短信，打開，噗哧一聲樂了，妮妮已結束了五天的浪漫史。她告訴喬紅梅，一個電腦界巨富來到她的分店，一氣買下幾萬元的西裝。她被富翁邀請到試衣間裡去伺候試衣，兩人就地生情，歡愛一場。妮妮正要腳踏兩隻船，卻收到解僱通知。原來服裝富翁從防盜監視器裡看見了妮妮和電腦富翁在試衣間裡成的好事。妮妮感嘆，這年頭你就沒有一個絕對清淨的角落！

管理員現在以一張報紙做掩體。

她向妮妮發了封短信。然後她一口口呷著紙杯裡的冰水。

妮妮竟馬上回信了。說她剛收到密語者的第一封信。信中他誇妮妮年輕貌美，是一切西方男人夢中的亞洲女子形象。妮妮沒有把他的信原文轉發，還把他當個富翁給她自己私下留著。

喬紅梅看著躲在報紙後面的人。報紙煩燥地響個不停。別想趕我走，你不是盼望能有個掏心窩子的談手嗎？

突然信號亮了。她一看，頭皮麻了一下。竟是密語者！怎麼可能？她的新信箱只有極少數的人知道。

他上來便說她不該在那個降價花攤上買花。那兒賣出的花從花蕊裡拈起，因此它們從來不會開放。

她問他有沒有必要這樣跟蹤她。

他說她使他上了癮，這不完全是他的錯。

她說，假如真是這樣，他該從電腦後面或灌木叢或報紙後面走出來。否則，她認為她的隱私權被侵犯了，她會報警。

報紙又催促了。還有哈欠聲，咳嗽聲。他的嫌疑被排除了，又回歸到他乏味的樓房管理員位置。

這人說，你幹嘛要這樣對我呢？以報警來還我的一片痴心嗎？

她看見他悲涼的微笑就在字裡行間。

她回答說：你讓我感到無藏身之處。不，你簡直讓我無地自容。

他說對不起。

她說：假如你不肯消失的話，我可以請警方布置埋伏。警方會有興趣的，男人綁架少女、女人，最近可是熱門。

沒有回音。

五分鐘後，回音來了。

「你憑什麼斷定我是個男人？」

喬紅梅瞪著這行字。

管理員說：需要我幫忙嗎？他也感到蹊蹺了。

她開始回答。假如她這輩子會和人撒潑耍賴罵大街，也不過是她現在的樣。她感覺惡毒粗俗的表情一個個在她臉上爆破開來。她不斷吹開披到臉上的頭髮，嘴唇不斷抽動。一個女性密語者？喬紅梅以文字踹開對方的大門，一把揪住對方的頭髮，一路拖將出去。許多髒話她也不知拼寫得是否正確，也顧不上計較了，只管唾沫橫飛地罵。她停下來，把杯子擱到嘴唇上，裡面已沒水了。她想這人玩她玩成這樣，玩得她半瘋，體面都不要了。她慢慢刪去漫罵，敲上一個冷冷的句子：「你我之間出了原則性誤會。我是個正常的女人，是只會愛男人的女人。」

她下了網，站起身。

報紙稀里嘩啦地倒塌下來，露出管理員知情的面孔。他把她「啪啪」鋪天蓋地的大罵都聽了去。原來他挺本份地扮演著他小公務員的角色，並不想暗中與她拍檔。他客套地送客，告訴她一旦住戶協會開會，他會代她請願。她糊塗了，問請什麼願？他說：樓頂的鑰匙啊。這是個很好的小公務員，認真負責。

她說要費那麼大事，就算了。

他說不費事的。他音調一變說，你到底上去想幹嘛？

她問其他住戶上去幹嘛？

修天線，他答道。

她說你看，假如我也說上去修天線，你不馬上就把鑰匙給我了嗎？

他說：對，你就該照這話說。你實際上想上去幹嘛，我不想知道。

她笑一下：我不會上去自殺。

他也笑笑：我能信賴你嗎？

她說：你當然不能。

他做個鬼臉，自認為聽懂了什麼雙關語。

保險起見，她問他「失望」怎麼拼寫。他用嘴拼了一遍：「Disappoint」，一個字母不少。嫌疑完全排除，他被無罪開釋。

這人開導起喬紅梅來，說她應該沒問題的——接受一個女人的慕戀應該是安全的。

喬紅梅說：我已經知道你是誰了。當你在偷窺別人時，請別忘了，你也在別人的窺視中。這倒不完全是胡詐，石妮妮買通了一個哥兒們，叫他在喬紅梅出動時遠遠跟著。到目前為止，他發現有個瘦高個女人兩次出現。

這人說她當然相信，她肯定一直在別人的窺視中。她說，這已成為我們當代人相互了解的手段了。接下去，她又開始教唆，說喬紅梅應該試著去愛一個女人，因為只有女人才會像她一樣，把感覺那麼當回事。

喬紅梅說：你讓我作嘔。

過了五分鐘，她又來了，說兩次婚姻，你還不夠嗎？和你現在的丈夫，你不也有種上當的感覺？為什麼不試試女人？不然你哪會知道你此生錯過了什麼。

喬紅梅說，我馬上會看你好好地現形。

這人又沉默一會，說就為了找到一點線索，把課也誤了，那可不值。

喬紅梅想，她誤課的事她居然也知道。在鍵盤上，她卻跟她玩詐：「不管怎樣，我很喜歡你的氣質。你的髮式也很合我的意，還有你的裝束。一切都很好，都不會讓人想到一個偷窺者。」她又想到妮妮哥兒們的一點重要情報，說高個女人有點跛。她接著寫：「你的步子也很有風度，很獨特，幹嘛不堂堂正正，從漂亮的文字後面走出來？」

很長一段沉默。

喬紅梅覺得她和對方是黑暗中兩個拳擊者，摸索著步伐，無聲地打轉。都知道此刻出不得空拳。

果然，她有了反應，問喬紅梅是否把她曾告訴她的話當成了胡謅，比仿，有關她那失而復得的女兒。她說無論喬紅梅把她想像得怎樣鬼魅，女兒確實存在。女兒如同一處內傷那樣，時時作痛地存在。

為了證明她的真實性，她發來一系列相片：一個女孩從嬰兒到十來歲；一個脆弱敏感的女孩。

喬紅梅被觸動了。女孩的眼睛是老人的，並那麼觸目驚心的熟悉。她把一張張相片仔細審視，想記起這眼睛是誰的；她幾乎能肯定，她見過女孩的眼睛。看著看著，她心驚了；另一雙眼睛透過女孩直視她。憑直覺她感到這人（不管是男人還是女人）的確有這麼個女兒。也的確有一場以女兒為中心的悲劇。

她回信說女孩非常美麗，卻有種不幸的氛圍。她說，女孩的眼睛我似乎在哪裡見過，不，不是似乎；我肯定見過。

這人回答說，她多年前失去女兒，是因為她犯的一次過失；把女兒從學校劫持出來，藏匿了幾個月，從此便失去了對女兒的監護權。

喬紅梅再一次感到那真切的創痛。直覺告訴她，這人的創痛不止於此。

她問：你女兒上次回去後，常給你來電話嗎？

這人說她女兒到最後也沒有完全相信她。

喬紅梅問：你要她相信你什麼？

相信我愛她，從來不想傷害她，不管我做過多少蠢事。這人答道。正如我不願意害你。假如你願意，我可以從此退出去，永遠不再打擾你。

不再把這個人當成「他」之後，喬紅梅的確感到安全了一些。走路時她會突然止步，看身邊是否有個高個子女人出沒。卻從沒發現任何異常。她開始恢復往常的行動路線，去圖書館，去學校，去購物中心、超市。好多了，似乎不再處於一雙多少帶些獸性的目光射程中。

她發現自己常對著密語者的來信發呆，想像她躲在哪一片昏暗中，把她看得那麼仔細。她留著女同性戀流行的短髮，戴一副無框眼鏡面部線條偏硬，有雙和那個女孩一樣的深不見底的黑眼睛……

喬紅梅告訴這雙黑眼睛，她是個怎樣的人；屈從本性，易於沉溺感官的享樂。十多年前，為了公共汽車上格蘭那一記觸摸，她什麼都豁出去了，廉恥、名譽、婚姻。一個晚上，四個全副武裝的軍人把她從教室帶走時，她像壯麗愛情悲劇中的女主角那樣，回頭朝格蘭宿舍亮燈的窗口長長望了一眼。

那是十一月初，北京最寒冷的日子，供暖要在十幾天之後才開始。她背後是二十多個晚自習的同學，看四個軍人前後左右地包圍著她。一輛軍用吉普車停在樓梯口，她知道那就是帶她走的車。她是翻譯一般文獻的翻譯人員，在這當口可以被定罪為洩露中國軍方技術祕密。吉普車把她帶到郊區一片野地，她想不知格蘭此刻在做什麼，是不是在「老地方」等她？或等不來她，正失魂落魄地四處找她。不久同學們會告訴湯普遜教授，那個叫喬紅梅的女學生去了哪裡。去了一個或許永遠回不來的地方：野地裡幾排簡易營房，其中一間做了臨時女囚室。

四個軍人把她帶到一間燈光雪亮的大屋。等在裡面的有三名軍官，一名副團級，兩名連級。訊問開始了。她坐在被審的位置上，兩隻凍痛的手捏成拳。

他們問她對湯普遜教授什麼印象。她回答：博學，正直。他們說他在把你提供的祕密情報發回國的時候，對你的印象只有一個詞：獨特。

她說她從來沒有提供過所謂祕密情報。他們談湯普遜教授在給美國寄的信，已被破譯了，裡面有大量情報。她說絕對不可能。她費了許多口舌，要他們看清一個簡單事實，她從畢業到目前，從未接觸過任何有「祕」字可言的文件；再說，她的主項是將西方戰爭報告文學翻譯成中文，她有什麼祕密情報可出賣？

審訊持續了一個月。她嚴重缺乏睡眠，胃口下降。但受到的最大折磨，是沒有內褲換。她知道他們不僅在懲罰她，更是在羞辱她。

還是那幾句話，問過來，答過去，局勢僵得一塌糊塗，到了第二個月底，他們停止了訊問，而要她把她和湯普遜教授接觸全寫下來；每句話，每個動作，每個細節，按日期無一遺漏地記下來。

喬紅梅告訴密語者，在她書寫三百多頁的「懺悔錄」時，她對自己有了一次突破性的發現。她發現她是個很難從一的女人。很難讓她知足，碰上一個新異的男子，她會忘記一切地追求。所謂新異，是能給她神祕的未知感，把她已知的命運打破的人。她說，對她這樣一個小村莊來的女孩，她嚮往遙遠，嚮往一切不具有本地意味的事物和人物。當格蘭以奇妙的聲調在課堂上說出「我愛你」時，她就開始走火入魔：這三個中國字給他一說，像是突破了它自身，成了語言表達的一個創舉。她說，格蘭，這個年長我二十多歲的美國男子，打破了我已知的世界，打開一片廣漠的未知。在那片未知裡，每一個眼神，每一個觸碰都有那麼好的滋味，……當我們最後的防線崩潰時，我覺得我可以為之一死。

喬紅梅說，或許那二百一十三位少女的知覺都附著在她身上了。可憐她們不知她們永遠錯過了什麼。

這人讀完喬紅梅的信後，問她後來怎麼和格蘭重聚的。

兩年後，她打了個越洋電話到格蘭的辦公室。那是她僅有的有關格蘭的線索。電話上是格蘭的留音，請致電者留言。她只說：「Hi，格蘭……」她說不下去了，兩年夠多少次變心移情？她失去了軍籍，失去了城市戶籍，失去了丈夫和住處，在一個個體小公司做臨時工。她本想說：格蘭，我愛你；兩年前她和他從未顧得上，也沒來得及說這句澄清名份的話。她卻說不出口，發現它遠不如「Hi」含意豐富。

第三天，格蘭出現在她辦公桌前，拎一件運動絨衣，戴一頂棒球帽。若不是他肩上背一只旅行包，包上有美國聯合航空公司的標籤，她會認為他直接從長跑途中來。

這人說，好，像個童話故事的結尾。

喬紅梅說，假如照此結尾，真的就成了很甜的童話。她關掉電腦，納悶地想，她怎麼了？把這人當懺悔神父，還是心理醫師？這是不是也是種自淫？……

石妮妮在階梯教室門口叫她：「紅梅，紅梅出事了！」她兩隻胳膊在頭頂上亂舞，露出新剃了毛的乾淨腋窩：「那個密語者昨晚上來了信！」

喬紅梅叫她講中文，也不必那樣「花腔女高音」。

妮妮告訴她，密語者是個二十歲的小女生！昨晚她對妮妮密語了大半夜，說她害死過一個人。她的五根細長手指緊抓住著紅梅的小臂。「我問她，害死的是誰，她到後半夜才把事情大概講完。」

事情是這樣，自稱女孩的人在六歲時接受心理醫師的催眠療法，說出一樁亂倫案。心理醫師用了兩年時間，把女孩在催眠狀態下提供的線索拼湊起，推理和破譯，終於診斷出女孩在五歲到六歲之間，開始遭受父親的強暴。這段創傷性記憶被女孩完全忘卻，又被催眠術復活。這便是女兒把父親送上法庭的證據。法律訴訟費用使父親幾乎破產，輿論又摧毀了他的名譽。父親在給女兒留的遺書中，要她明白他是含冤離去的，他們父女是一場迫害的犧牲品。女孩長大以後，漸漸意識到父親很可能是受冤枉的：童年的她受了心理醫師的誘導，而被誘供的證詞又經過斷章取義的連綴，經過想當然的詮釋，得出了一個醜惡的結論。成年後的女孩認為人不可能完全忘卻一段巨大創傷，（不管弗洛伊德怎樣假設人類記憶的抹殺力）假如這樣的創傷能被忘卻，只能說明它根本就沒發生過。

喬紅梅讀完妮妮打印出來的電子信，目光落定在最後的段落上：「這是我最後一次和你通信。我知道，我使你失望了，因為你的原意並不是要找一位我這樣的女友。」

失望也是拼錯的。少一個字母。

她問妮妮，相不相信密語者是個二十來歲的女孩。

石妮妮說她早亂了，不知該相信什麼，不相信什麼。

她們此刻在操場上。小城的一半人似乎都集中在這裡，看一群激進學生燒國旗。離這兒兩小時車程的舊金山反戰已反了兩個月，小城剛剛有這麼一個大動作。一個學生用電喇叭在朗讀馬丁路德金的著名演講詞〈我有一個夢想〉。其他學生已把國旗降下來。這座大學城的公民和其他地方一樣，百分之六十五以上超重。超重的公民們此刻一聲歡呼：警車到了。火同時著起來。

警車包圍了人群。一個超重警官和人群中的熟面孔打招呼。學生們領頭唱起〈再給和平一次機會吧〉。

喬紅梅心想，密語者此刻在哪裡？

她回到公寓樓前，草坪上一個人也沒有。人們都瞧熱鬧去了。恰是正午，她聽得見自己裙擺在腿上摩擦的聲音。她看一眼錶，發現一部電梯停在十六層停了已有五分鐘，並鎖定在那裡。另一部掛了檢修牌子。樓裡所有人都到樓頂去看燒國旗儀式去了。這座安份的小城有看頭的熱鬧不多。

她決定爬樓梯。上到七層，她感覺到除了她自己，還有另一隻腳，也在登樓。她有意加重步子，又上幾格臺階，水泥鋼筋的空間，另一雙腳作答似的也上了幾格臺階。回音久久不消散。喬紅梅感到背上一片刺癢，汗珠如同無數破卵而出的幼蠶，一點點拱出頭，剎那間已爬了她全身。她定了定神，大白天她怕什麼？但她從來沒有經歷過如此空曠荒涼的白天。她悄悄往下走，另外那雙腳退得更快。她想，怎麼成了我追他逃了？她試著懸起兩腳，用胳膊撐住扶手往下滑。於是她的速度快了三倍。也許四倍。很快，她和那人之間的距離縮短了。她不顧一切地追下去。那雙腳倒也機敏，樓梯上留下一串舞蹈碎步。追到一樓，這人就沒地方逃了。一樓是一百多米的大堂，擱放著臨時接待來訪人的三張沙發。

喬紅梅沒想到他（她）會鑽進地下車庫。她絕不追到車庫去，那不是中了計了？車庫在多少凶殺電影裡做過理想的案發地點？

她走回去。腿軟得厲害。走到四樓時，她聽見地下車庫的鐵門響了一聲，他（她）又出來了。也是一雙疲軟的腿，把他（她）拖上臺階。她一點點往上走，他（她）又慢慢地跟上來。

喬紅梅在九樓的梯階上坐下來。再豪華的大廈都有這樣陰森的樓梯，一律的無窗，一律的節能燈。灰溜溜的燈終日亮著，照在光禿的水泥臺階上。她坐了一分鐘，正要起身，聞到一股大麻的香氣。樓裡的正人君子被逼迫到這麼個沒趣的地方來過癮。剛才的腳步不是衝她來的，不過是個犯癮的可憐蟲。

格蘭沒回來，留了張字條給她，說他去看學生燒國旗。他的字體飛舞起來，總算出了件讓他也亂一亂的亂子了。格蘭和她這幾年用字條來溝通的時間越來越多，這樣很省事，爭吵也不發生。

她打開電腦，手裡端一杯酒，想好好和密語者談談。

她把那個女孩怎樣加害她父親的故事告訴了她。她寫到故事結尾居然淚汪汪的：父親留下遺書後，開車去了新墨西哥州的沙漠，在那裡服了毒。他不願女兒看到死之後的他。

等到第二天，密語者都沒信來。格蘭忙出忙進，為他系裡的幾個被捕學生張羅保釋。另外幾個學生要參軍，他要代他們向系裡請願，保存他們的課時。喬紅梅發現三天不刮鬍子的格蘭生動了許多，簡直像又發起一次浪漫熱症。

第三天，密語者還是沒消息。

喬紅梅坐在電腦前，感覺灰溜溜的。

也許她一再告訴她，她只愛男人，使她終於放棄了她。也許她發現喬紅梅和妮妮是一夥，搭了檔在作弄她。

已經是第七天沒收到她的信了。喬紅梅看著電腦上的空白，感到自己鑽入了這個謎一樣的密語者。桌面上一片混亂，桌角擱著兩個杯子，裡面的咖啡已乾涸。電腦上有塊三明治，上面有半圓的齒痕，火腿露出來，已乾了，老傷般深紅。她身後，書房也荒蕪了，攤開的六、七本書上落了一層銀色灰塵。牆角的鏡子上貼了許多小紙條，提醒她自己該還圖書館的書，該回某教授電話，該給吊蘭和巴西木澆水……窗子右上方的吊蘭倒沒乾死，反倒蓬頭垢面的茂盛，蜘蛛從那兒朝著天花板撒開一張大網。

第八天，信來了，絕口不提喬紅梅的上一封信，關於那個陷害父親的女孩。她說喬紅梅順著超市貨架的長巷走來時，她幾乎沒認出她來。穿著白短褲和紅色背心的喬紅梅看上去四肢發達，每個動作都虎生生的。於是她看見的是一名 PLA 女軍官（注：美國人對中國人民解放軍的簡稱），可不那麼好惹。她對著退役女中尉的側影看了兩分鐘，想調整那個飄忽神祕的固定印象。「你跟在你丈夫身邊，遠比他剛勁。髮式也出乎所料，你這個變化多端的女人。」

她看見她從格蘭身邊離開，回身去看地面上一張廣告。那是一張房屋出租的廣告，低廉的租金被粗重的筆墨標在上面，還框了一圈螢光桔紅。她看見喬紅梅用穿白球鞋的腳踏著廣告，把它轉了個方向，使所有的字正面朝她。然後喬紅梅伸手去搆貨架上的花生醬，亮出手臂上那塊圓圓的卡介苗斑痕。她說那塊斑痕讓她心亂。講得露骨些吧，它讓她慾火中燒。

這人大言不慚，說她痴痴地站了很久，想把沒出息的樣子收斂起來。

她看格蘭的手摟了喬紅梅一把，手指在那斑痕上麻木地滑過。她想像六七歲的喬紅梅，站在孩子們的隊伍裡，脫下一隻袖管。這人跟在喬紅梅身後，看著格蘭摟著她向嘗試食物的攤子走去。她想到七歲的鄉村小姑娘梳著曬成枯草的細辮子，跟著隊伍慢慢移動赤裸的小腳，臉像所有其它孩子那樣懵懂，那樣任人宰割。她說那想像使她生出強烈的衝動，想觸碰那塊斑痕——從童年到成年，它是唯一不變的，保持著異樣的敏感。

她說喬紅梅其實把租房廣告上的價錢背在心裡了。她無意中發現了喬紅梅的一個祕密嚮往。「也可能是剎那間的心血來潮，你想有個自己的窩。誰知道呢？人往往不知自己漆黑的心底萌生著多少謀劃，一個外來事物不期然地出現，突然間把那漆黑的謀劃照亮了。到底是什麼謀劃：分居、離婚，還是偷情，你並不清楚。但謀劃是萌生了。然後你走向你丈夫，恢復了小鳥依人的一貫形象。」

她說格蘭在免費試吃的攤子前大聲打諢。他像大多數美國人一樣，常用玩笑緩解沉默帶來的壓力，緩解溝通危機。她說喬紅梅笑了，心裡卻在全力忍受。連她都看見，一句冷冷的搶白，就在喬紅梅嘴裡。「你們的親熱令我緊張，但你夠棒的，不著調的玩笑被你成功地忍受過去了。然後你看你丈夫拿起第二塊糕餅，似乎從來沒發現他咀嚼時會整個頭皮都動起來。他一邊賣力地嚼著，一邊拿了第三塊糕餅請你客。你笑笑謝絕了。他滿足地呼出一口氣，你卻掉開臉，避開那股甜熱的口腔氣味。看看周圍正發生什麼。肥大的身軀推著超重的購物車，厚重的雙下巴和紅潤的大臉蛋。食物真多啊，足以淹死這些幸運的人們。滋味卻單調得可怕：這些豐胸肥臀的雞，牠們從一個雞蛋鑽出到變成一堆肉只需一個月，壽命不比大白蘑菇長多少，因而滋味也就沒什麼區別了。你在雞肉櫃裡挑撿，想找半打瘦弱些的雞腿，卻失敗了。這些雞短暫而無擾無憂的一生中，牠們的腳從不著地，所有的腿按人的計算達到預期的斤兩。層層疊疊排列得像團體操般的肥雞肉體，無所謂雌雄，無所謂強弱，腦子完全空白。怎麼可能有滋味呢？生存競爭的搏鬥，尋歡求偶的激情，對天敵的恐懼，那一切形成的血液循環和肌肉發育，使一隻雞的生命成為巨大偶然。正是這偶然，使雞成為雞而不是大白蘑菇。你最後拿起一盒雞胸，因為它們打百分之五十的折扣。你把那盒雞胸擱到購物車上，不是擱，是小小一扔。那裡面的疲憊、牢騷、無奈，我全感覺到了。你的肢體語言非常含蓄，但不單調……」

喬紅梅聽見格蘭在客廳打電話，聲音顯得很年輕。他在談第二天晚上舊金山聯合廣場將舉行的燭光示威，網上中請參加的人有兩千多了。不久，格蘭興沖沖的腳步走過來，在她門口停了兩秒鐘，又興沖沖進了他自己的書房。

她聽見格蘭開始上網，手指頭流暢地彈奏在電腦鍵盤上。

她把密語者的信讀了三遍，一面回想那天在超市見到的所有面孔。她又讓這人漏過去了。

她請她不要玩這種偷窺的把戲。

回信馬上來了，問她是否有心租那間廉價房。

喬紅梅真的反感起來，手在鍵盤上狠狠敲打：我的丈夫就在隔壁，我可以問問他，怎樣對付你這樣的變態狂。我丈夫已經對我最近的異常表現起疑心了。

「不會的，從我的觀察來看，你丈夫覺得你們已進入了婚姻的絕對穩定期。如此的穩定，知心話都免談。連那種充滿感覺的無言對視，也免了，早就免了，早已像大多數美國人那樣，用說笑填塞沉默。說笑堵死了沉默所含有的無數可能性；沉默本身不就是一種會意？大膽沉默下去，會意才可能滋長。你丈夫卻已喪失了膽量去沉默。多少人喪失了這膽量？你也快了。」

密語者變得晦澀起來，玄起來。

喬紅梅說起那個夜晚，離開北京之前。滿城風雨已過去，格蘭・湯普遜教授像「水晶鞋」中的王子那樣，終於迎娶了灰姑娘喬紅梅，欣然回國。半年後，她收到格蘭寄來的機票和兩套漂亮裙裝。她開始做出國準備。

是十一月初的夜晚，跟兩年前她被訊問的初冬夜晚很相似。她騎車來到她曾上班、下班、政治學習、大掃除、分年貨的大院。風是典型的北京北風，橫著吹起落葉和垃圾。她知道前夫已有了女朋友，她和他通電話時說：「祝賀你找到了一個好女人，建軍。」那次建軍來電話是為了要她來取她的衣服、書本。

她這時告訴密語者，自從那個電話之後，她對建軍的虧欠感，基本平息了。他非常冷淡，要她來取東西時最好帶個幫手，否則上樓下樓她一個女人夠受的。言下之意是他不會做她幫手的。他還告訴她，他女朋友可能會在場。

她騎車經過食堂、浴室、小賣部，突然想起小賣部在夏天出售的自製牛奶冰棍，因為含奶量太高，特別容易溶化。建軍一買就是十多根，用手絹兜著，百米賽跑地送到她在六樓上的辦公室。冰棍送到時總是化了一半，建軍也化了一半，水淋淋地傻笑。再過去是門診部，值班室的燈還像兩年前一樣骯髒暗淡。急救車司機仍在和鍋爐房老王打牌。

她鎖了車，走進門診部，撥了個電話號碼。她聽見接電話的人在兩層樓之間大聲叫喊。不久門開了。她原先的家門。建軍下樓的腳步聲她都聽出來了，還是穿著她給他買的假皮拖鞋。

他說：「喂，誰呀？」

她沒說話。他已經聽出來了。

五分鐘後，他朝門診部走來。軍裝換過了，是八成新的，頭髮也整理成她喜愛的樣子。他說：走啊。她想也沒想地跟著他走回去，上了四層樓，進了家門。一路上他問她什麼時候啟程去美國，她父母來不來送別。她一一回答他。對於她給他傷害和羞辱，她裝得沒事人一樣，對他給她的一切報復和懲罰，他也不了了之。

他女朋友不在？為什麼不在？她沒問，他也不解釋。她看見那套她選購的進口家具終於來了，從訂貨到到貨需要三年。淺黃沙發上有浮雕般的布紋，大衣櫃四扇門，和國內家具比，總算不千篇一律，寫字檯上的檯燈是不鏽鋼的，連電視機上的防塵布都合她的心意。在她被拘禁，失業和流離失所的日子裡，這裡的一切按她的設計完整起來。

建軍問她吃了飯沒有，沒等她回答，他已去廚房打開了爐灶。他說食堂的菜，不過正好是她愛吃的清蒸獅子頭。她和他坐在小桌邊，他陪她吃，談得不多，但都談到了痛處、癢處。於是有笑也有眼淚。原來建軍可以是細膩的，不再是那個虎頭虎腦、粗聲粗氣、不常洗頭的中級軍官。

他們談起初認識的時候，他是高年級的班長。他把她的求愛信退給她，卻悄悄為她買了一雙手套和一套英文的《魯迅選集》。他承認自己那時想佔有她，和她出去逛馬路，手碰一碰她簡直是活受罪。她問他是否記得他們的第一次。他臉紅了，說怎麼會不記得？不是讓你寫到檢討裡去了嗎？那時他向所有人宣戰：「處份我吧，是我引誘了她。」兩人都不語了，深深地一笑。

不知誰起的頭，他們抱在了一起。很可能是她主動。她告訴密語者，這事像我幹的。建軍把她往臥室裡抱，卻在掩門時忽然喪失了體力。她的背靠著門，他的吻已經開始。他的嘴唇帶一絲遙遠的菸味，那麼年輕，吻在她眉毛、眼睛、嘴唇上。她以十倍的瘋狂回報他，他伸出手，指尖從她前額描畫下去，描下鼻梁，慢慢再往下，把嘴唇也描下來。然後指尖停在她下唇上，它內側濕潤的一帶，描了又描。那根撩動引逗，甚至帶一點作賤的手指，讓她渾身抽緊。手指是建軍的。感覺失而復得。建軍繼續他的描畫，手指點到處，她肌膚上一線的火花。他眼裡有淚，她眼裡也有。他根本不認識這個女性肉體，另一個男人的侵入使它顯得陌生而神祕。它怎麼在那個外種族男性懷裡撒歡的？建軍覺得不可思議。最初的嫉恨和狂怒過去了，他只覺得整件事情不可思議。

她完全沒想到會是這樣。他們竟做得這樣美滿。建軍原來可以這樣敏感，這樣懂得與她的敏感呼應。她淚流滿面，心裡問自己：你早幹嘛去了？原來你對建軍是有感覺的，原來你還在愛他。

他們躺在曾經的位置上。他的淚水滴在她額上，她的眼淚濕了他的頸窩和肩頭。哭了一陣，他們再次狂熱起來。直到凌晨，兩人累得散了架。天亮起來時，她說她該走了。她又說她不走了，再也不走了。她問：建軍，假如我留下來。不走了，你高興嗎？建軍不作聲。催他，他重重嘆口氣，問她為什麼不走了。

她說：「因為我剛剛了解你。你看慘不慘，建軍？要闖這麼大一場禍，要我們兩敗俱傷，才能了解你。」

建軍問了解他什麼。她說了解他多麼會愛。

他苦笑起來，說他難道不一直是這樣？

她說不，不一樣的，他從來不像這個夜晚那樣聽她講話。也從來沒有那樣看著她，他的眼神，他自己哪會知道。她還想說，你也從來不像今天這樣吻我，撫摸我。她知道這話可能被他聽錯，聽成她為自己開脫罪責。

他把她抱得很緊。抱得她都沒了。

她想自己到底是個什麼妖孽？在和格蘭新婚之時，與前夫暴發熱戀。她難道只能在一團糟的關係裡，才能獲得滿足？為什麼偏偏在這個時刻，她看清她從來沒有停止過愛戀建軍？一個男人對她是不夠的，遠遠不夠。她總是在編織錯綜複雜的關係，總要把有名份的、非份的、明面的、祕密的打亂重編。建軍和格蘭對調了位置，變成了偶爾享受一番的情侶，僅這念頭，也夠奇異，夠激活她所有感官。感覺好極了，一路暢通，到達每根髮梢。

她開始穿衣服，建軍起身替她拉毛衣的拉鏈。她回頭看他，淚珠子飛快地往下掉。

這個建軍不再是曾經的建軍，是她新獲得的戀人，是她瘋了似的愛著卻馬上要訣別的情夫。她內心像有若干小格的祕櫥，分門別類儲存著她不同的愛和情，她必得將它們施給不同的男人。

她不是個好女人，喬紅梅對密語者坦白。她手上捧著一杯紅色的「大都會」，薄薄的玻璃杯沿上插著一顆紅櫻桃。是她自己調的酒，比例改變了一些，多了點伏特加。她開始讀自己剛寫完的這封信，深夜和酒都使她誠實。面前是一個溫和身軀，無論它是男是女，都是仁慈的，不見怪的，表情含而不露，像所有高深的神父或心理大夫。她對著這不可視的身影傾訴，感到自己不會被仲裁，只會被接受。一時間，她忘了懺悔者是她自己，而接受她懺悔的人是電腦深處的密語者。她只覺得這兩人談得很好，一個站著，一個跪著。人白天扮著各種角色，假如沒有此刻的原形暴露，不是要活活憋瘋。

她接著傾訴下去。十一年前，在她離開中國的前一個禮拜，她潛伏在新情人的密室。新情人是被她拋棄的前夫。最後兩天，她不再和他做愛，只是緊緊抱著他，從天黑到天明。沒有罪過，幸福多不真實。她把和建軍的瘋狂情愛珍藏起來。在下飛機走入加利福尼亞燦爛的陽光和格蘭的懷抱時，笑容有那麼一點曲扭。她告訴格蘭她多麼愛他，是真話，似乎正因為她的不貞使她更愛格蘭。每個女人都因為一點不可告人的隱情加倍地給予丈夫激情和溫存，每個幸福的丈夫都應感謝那些暗中存在的對手，或實體或虛幻。每個牢固的家庭之所以牢固，是因為情感走私的不斷發生，良知和謊言的相互調劑，黑暗中永遠存在的三角關係。

一杯酒喝完，喬紅梅有了很好的醉意。

她說有一些片刻，她會大吃一驚地發現，她如此地不愛格蘭。這樣的片刻也常發生在她和建軍共同生活的年月。這是她渴望外遇的時候。

凌晨一點半，她關了電腦，搖搖晃晃地去浴室洗漱。舉起牙刷，突然又想淋浴。她心裡是認賬的，此刻的她有一些無恥和淫蕩。但她有了一種仁慈心情，看著鏡子裡蠕動的曲線，心想她還是美的，就原諒那一點淫蕩吧。

格蘭一定要拉她去廣場看學校新裝在旗杆上的玩藝。一個小黑匣子，掛在旗杆半中腰，誰若去降國旗，匣子會突然發出一陣吸力，把國旗「嗖」的一下全吸入匣內。這樣便阻止了焚燒國旗的人。

兩個人爬在梯子上，正在試用那個裝置，招展的國旗魔術一樣被唆吸進去，人們全鼓掌喝采。藍天下一片粉紅臉蛋，一片眨也不眨的眼睛，藍的、灰的、棕色、黑色……

「棒吧？」格蘭問喬紅梅。

她的巴掌也在響。她向格蘭笑著點頭，心裡想，這一片眼睛裡，可有她的那個無處不在的密語者？

「是中部一所大學發明的。」格蘭說，「學校也不管財政赤字了，一下子買回來三部。」

她伸出手，摟住格蘭。這一刻她恰是很愛他，愛他小孩子似的瞎激動。

石妮妮擠過來，身後跟著兩個五、六十歲的學生，都是跟她學唱中國民歌的。她說密語者跟她急了，說妮妮假如再糾纏不休，就找人收拾她。妮妮看見格蘭詢問地瞪著她，便拿出一貫欺負格蘭的表情，一挑下巴，眼一白。

妮妮領著兩個老學生擠出去，回頭對格蘭說：「你很不乖，昨晚上都沒給我打甜蜜電話！」見格蘭發懵，她笑著說：「看他，沒勁吧，逗著玩都不會！」

喬紅梅忽然叫道：「妮妮，你房子租了嗎？」

妮妮說：「正找呢。」

她每次結束一次戀愛，就要換住址。喬紅梅說她知道一處不錯的房，租金特便宜。妮妮問可不可以養動物。喬紅梅叫她自己打電話去問。她一口氣把電話號碼讀給妮妮。嘴合攏前，她想，密語者神了，她果然祕密地神往自己私自的小窩，果然懷著離家出走的心思。所以她把租房廣告上的電話號碼默記下來。她看一眼格蘭的側影，下午五點的太陽使他的睫毛成了金色，並奇長，奇翹。因此他有了一雙兒童的眼睛。她想，他怎麼會知道身邊這個女人整天在合計他什麼？她又想，這女人注視一張租房廣告，要離開他，去投奔誰？不，去投奔什麼？投奔未知？

回信說的是昨夜，是喬紅梅微醺的那段夜晚。密語者告訴她，也是個偶然機緣，她弄清了喬紅梅的公寓布局：臥室、書房、客廳、浴室……一百八十平米，典型的中產階級安樂窩。（不必故弄玄虛，租房處有戶型圖片，只消去哪裡假裝一個租房人就行了。）

她告訴喬紅梅，昨夜十二點，她來到公寓樓下面。眼睛一層層攀登，登上十六層靠東南的窗口。她斷定那個亮燈的窗裡坐著喬紅梅。她說她在長椅上坐下來，掏出口袋裡小瓶裝的「Courvoisier」。

讀到這，喬紅梅的轉椅「吱」的一響。她感覺渾身過一陣冷風。同一個時間，她也在飲酒！

那是書房的燈，從光色看，是製圖用的檯燈。沒錯吧？她問。她說她從來不知道酒的滋味在深夜草坪上會這樣好。對著喬紅梅的窗，她悠悠地喝，不時舉一舉酒瓶，一廂情願地和窗內人碰杯。

喬紅梅想，這個幽靈般的女人其實有些恐怖。她兩個腳縮進椅子，腳趾冰冷蒼白。難怪她昨夜的傾訴慾強烈得可怕，看來是感應了。她的酒瓶竟不是空舉的，琥珀色的「Courvoisier」碰在殷紅的「大都會」上。

她說她二十年前的毒癮都被調起來了。保安人員的巡邏車十分鐘過往一次，在她身邊減速，又多疑地駛過去。不久巡邏車八分鐘來一次。漸漸的，成了五分鐘，保安怕她謀殺自己或謀殺別人。

後來窗口的燈熄了，她喝完最後一口酒。她從長椅上站起，朝公寓樓的背面走，身後跟著保安和巡邏車。

在樓的另一邊，她看見另一個窗亮了燈。是個細長條窗口。她一下子停住腳步，意識到那是浴室的窗。

喬紅梅又是心裡一毛。那時她正色迷迷地看著鏡中的自身。難怪她感覺那樣怪異，原來是另一雙眼睛透過她自己在窺視。一個異物附了體，借了她的眼睛看她醉了胴體，看她的私處從陰影下浮現出來。這個異物！

她在樓下仰著臉，細長的窗亮了足有半小時。那時滾熱的激流從喬紅梅頭頂淋漓而下；逆著光線，水在她薄薄的肩膀、微突的小乳房上濺起細小晶亮的冰珠。水使人舒適，正因為它觸碰肉體時給肌膚那一記小小的驚訝。她告訴喬紅梅世上最大的舒適總藏有不適，總引起感官的驚訝。她說那半個小時，喬紅梅就在那樣的驚訝中，毛髮全活了，肌肉飽脹起來，手臂上的圓形斑痕又回到七歲，帶一絲炎症的刺癢。

喬紅梅這時痛恨她，這個密語者。就像她曾經會突然痛恨建軍。對格蘭，她也會變得仇人一樣。

她馬上回信，說夠了，別再拿她繼續過癮。她說，我不是你這種女同性戀者的獵物；我絕不會和一個女人偷情。

回信說，別那麼把握十足。

喬紅梅說她弄得她心力交瘁，在上課時常常睡著，夜裡卻通宵醒著。這是她博士學位的最後一年，她處在崩潰邊緣。

果然，對於同情的呼喚生效了。她說對不起，那麼就讓我遠遠地愛你。你苦悶或絕望，就到外面走走。那時你會感覺到我；你的優美永遠不會白白流逝，我是你之所以優美的目的。

她怕再次被她的花言巧語打中，趕緊下網，並換了一個新信箱，只告訴七個人，並且請這七個人為她的新網址保密。假如再收到密語者的信，她的搜索範圍就縮小到這七個人頭上。

然後她把密語者所有的信打印出來，一遍遍地讀。一共有十八個拼寫錯了的Disappointment，加上石妮妮那兒四個，二十二個，無一例外地拼錯。

接下去是幾天的寧靜，打開信箱，每回都是空的。第五天，她收到建軍的一封信，很短，告訴她，他妻子生了個男孩。她在離開建軍後，那陣歇斯底里的愛和慾望都平復了，隨著他的結婚、升官、裝修新分的三居室消褪下去，隨著她不斷覓到的新歡消褪了。不過是心照不宣的一些相顧，曖昧的笑容，以及打著禮節幌子的擁抱與親吻。對象多半是格蘭的同事或朋友，有家室同時有顆不老實的心。他們對她的迷戀基於誤解，她便長期維護著這些美好的誤解。

她回到她和格蘭的正常生活中，心驚肉跳剛過去，沉悶和單調可以作為恬靜來享受。石妮妮卻不宣而至，進來就大聲講中文。她說她今天在舊金山發現了一個二十來歲的女郎，和相片上的一模一樣。喬紅梅問什麼相片？妮妮這時倒來了句英文，「The Fatherkiller!」格蘭正叉起一塊煎魚肉，一聽爆炸出這麼個詞彙，魚肉從嘴邊落到盤子裡。他看著兩個中國女人，希望得到解釋。

妮妮說：「我在講一個恐怖電影。」她知道格蘭不信，也知道他拿她沒辦法。

她告訴喬紅梅，自稱二十歲女郎的人寄給她的照片裡，有張最近的，背景是爬滿桔紅三角梅的一座拱門，左上方可以看見消防塔的塔尖。妮妮最近處於戀愛休假期，男朋友只是瞎逛逛風景點的伴兒。根據照片上的座標，她找到了那座拱門。她和男友坐到街對面的咖啡店去等。下午六點，果然把女郎等來了。女郎開一部舊 TOYOTA，白色，戴 DKNY 的太陽鏡，穿 Calvin Klein 牛仔褲，Nine West 皮涼鞋，腳趾上不塗蔻丹，手腕上有十來個銀鐲，走路就「叮叮」作響。看上去一點毛病也沒有，完全不像個「Parricide」（注：弒父者）。

格蘭說：「一百塊的大詞兒啊！」

妮妮說：「你沒注意我最喜歡賣弄大詞兒？」

喬紅梅不動聲色地用中文說：「你講廢話全用中文，關鍵的詞全是英文，地名啦，咖啡館啦。你和她談上話沒有？」

「快七點我捺了門鈴。她來開的門，赤著腳，嘴還在嚼東西。我問她還認不認得我。她瞪著眼看我一會，搖搖頭，笑得糊裡糊塗。一看就知道她不是裝蒜，是真不認得我，壓根沒見過我 E-mail 給她的一大堆照片。」妮妮此刻自己給自己拿了個酒杯，倒了半杯白葡萄酒。「她問我怎麼認識她的。我答不上來。她說一定從網上認識的，很多報紙雜誌登過有關她的事。我連她名字都不知道，可是現在又不能問，一問就露餡兒啦。我說我就是從網上知道她的故事的。她說抱歉不能請我進去。我知道她在逐客了，就趕緊走了。」

喬紅梅想不明白，這是個怎樣的迷魂陣。

妮妮很起勁，願意貢獻她的男朋友。她把這些男朋友叫成又漂亮又沒用的東西，她絕不會嫁給他們。她說她可以讓她又漂亮又沒用的男朋友去勾引那個女孩。「勾引」二字，妮妮又用的是英文「Seduce」。

晚飯已結束了，格蘭笑嘻嘻地說：「要不要我躲開？」

妮妮說：「你沒聽懂吧？」

「懂了，又是勾引，又是弒父。」格蘭說著，起身收拾盤子，扮出一個偵探的陰險笑容。喬紅梅說她已沒興趣了，網址都換了。妮妮激動地說事情就要水落石出了。

「別逗了。」喬紅梅說，「那人隨便從網上找了張照片，假冒是照片上的女孩，你就上當了。」

妮妮說至少應該把這位弒父女郎的名字打聽出來，再到網上查有關她的報導。喬紅梅說行了，別瘋了，實在沒事幹，你去參加反戰示威吧。

第十天，喬紅梅寫論文寫得心緒敗壞，半躺在轉椅上，玩起牌來。夜又深了。她腳尖在桌下摸索著拖鞋，一手拿起啃了一多半的蘋果，想去睡了。一分鐘後，她卻發現自己面對著打開的信箱。

有一封信，投寄者的名字是陌生的。

她心也不跳了，肺塞得滿滿的。她不知道她是更害怕密語者，還是更害怕望眼欲穿的自己——她這些天的無精打采竟是因為缺少那個人的密語。

「別問我怎樣得到了你的新網址。其實我早就可以闖進你剛剛製造的虛假寧靜，但我沒有。我想試試看，沒有你，我是不是能喝咖啡、讀報、看電視、聽音樂、呼吸、吃飯……活著。我也想看看，沒有我，你怎樣行動、談笑、顧盼……你兩眼秋波拋給誰？十天了，結論是你我不能沒有彼此；尤其是你，這十天，你什麼都依舊，就是沒了魂魄。」

喬紅梅想頂撞回去：怎麼有你這樣不知羞恥自作多情的人?!她卻沒有，這不是為誰追誰計較的時候。

「我知道你沒有那麼容易擺脫。索性堂堂正正，和我約個地點，痛快地聊它一回，何去何從，我們從哪兒再看。我不能和女人戀愛，就像我不能和男人做哥兒們一樣。」

「你肯定無法接受女人？」

「我可以一百次地肯定這一點。」

「就是說，假如我是個男人——像我最初出現時一樣，富有，閒散，學識雜七雜八，不過夠一個公子哥兒美化談吐——那樣一個男人，你是能接受的？」

「我不知你在胡扯什麼。」

「你不會不知道。其實你心底裡從來沒有完全信用過，我是個女人。明晚八點，我在校園的『藍色多瑙河』等你。假如你想說：見你的鬼去，你該把它留到那時對著我的面孔去說。」

「藍色多瑙河」咖啡館其實是學生俱樂部。兩旁的餐館每晚九點關門，學生們仍可以在那裡買到一塊八角的湯和兩塊錢的迷你比薩。幾乎每天晚上，都有學生在那裡演奏爵士或室內樂。她接受了密語者的邀請。在「藍色多瑙河」誰能對誰幹什麼？八點鐘，正是繁華時間，每張桌都擠滿人，她可以仗他們的勢。

她早早從圖書館回家，見格蘭皮鞋脫在門口，便「哈囉」一聲。她給自己瘋瘋顛顛的嗓門唬了一跳。格蘭在書房裡應了聲「哈囉」，似乎沒在意她異常的情緒。她開始換衣服，繫圍裙，大聲自告奮勇，說晚餐由她負責。

她拉開冰箱，找出一些蔬菜，又取出半盒凍蝦。解凍來不及了，只能靠熱水泡。她把磚頭似的凍蝦往水池裡一扔，一聲不祥的聲響，一看，白瓷池底被砸出細細幾道裂紋。

禍事已開始發生。

她擰開水龍頭，水來得太猛，濺了她一頭一臉。她左右扭轉臉，在兩個肩頭上擦，竟發現自己在痴笑。

然後是準備盤子、餐具、餐巾。她在廚房和餐室間跑來跑去，常是拉開櫥門，又忘了該取什麼，爬上梯子，忘了該搆什麼。但她覺得自己少有的輕盈伶俐，切菜的動作也帶些舞蹈。這時她回頭，見格蘭站在廚房門口，看著她笑而不語。看上去他早就站在那裡，看了她半天了。她一下子老實了。這時她取消和密語者的約會，還來得及，而她知道她不會取消。她對格蘭嗲嗲一笑，心裡對自己的輕浮感到絕望。

嗲嗲的一笑總是有後果的。格蘭上來抱住她。她說，爐子……火！……

外面響了一聲悶雷。這地方很久、很久以前愛下雨，有段時間連旱六年，現在雨又一點一點回來了。格蘭似乎知道她的祕密勾當，想阻止她，把她抱得那麼緊。她輕輕掰他的手指，嘴裡全是哄人的話。她沒辦法，非去赴約不可，雨和格蘭都枉想阻止她。

她連藉口都顧不上編一個就冒雨出門了。只對電視機前的格蘭說，我馬上就回來！

走進「藍色多瑙河」時，沒碰上一個熟人。二十多張桌子都坐得滿滿的，小舞臺上在演實驗戲劇：十多個戴啞劇大白臉譜的戲劇系學生做著某種禽類的動作，主角兒在念類似《等待果陀》的臺詞。

喬紅梅等著，等密語者登場。雨意和溫熱的咖啡氣味混和，使他的初次登場顯得溫暖而平實。她心裡出現一種奇怪的安全感。

她眼睛從每個桌上的面孔上掃過。這人遲到了。沒有中意的座位，她順著牆壁觀賞藝術系學生的油畫。這人說他將拿一本藝術雜誌，封面上有 Julio Gansalez 的人面雕塑。這人玩她玩得夠狠的，玩了身份又玩性別。她又看錶，才過一分鐘。她只等他十分鐘，然後她就結束等待。油畫是不久前掛上去的，顏料氣味十分新鮮。她不如就從這些畫談起，頭一次見面大家需要個安全的話題。她會說看看這些麻木的筆觸吧，大喊大叫的色彩，語彙卻貧乏到極點。如同大量的豐腴的食品，滋味卻是沒有的；大量的性愛，感覺也是沒有的。大量的談話，完全沒有會意。

她假裝看畫看得入神，一點點向拐角走。拐角延向一條走廊，通往後門。她守著退路，聽每個人的進、出、動、靜。她半仰起臉，脖子和脊背很鬆弛，兩手懶懶地抱在胸前，從背後看，她一點不是望眼欲穿的樣子。淋濕的頭髮偶爾滴一顆水珠下來，又順著她的太陽穴遲遲疑疑往下滾，劃出一根微癢的、冰涼的軌跡。

這時一個新顧客走進咖啡館正門，大聲和坐在門口的兩個女學生打招呼。格蘭。

喬紅梅馬上退入陰影。格蘭竟和他的學生在這裡約見。師生間調侃起來，都不高明。女學生們的笑聲十分緊張，湯普遜教授只好再開些玩笑，更失敗。他們開始談他們的本行，格蘭自如起來。海明威、福克納、費茨杰拉德、奧尼爾、坡斯、勞瑞，行成酗酒流行病的天才們。不止是自如，格蘭輝煌起來了。喬紅梅幾乎忘了這就是她結婚十一年的丈夫。她從來沒見過他這樣精彩。桌上的燭光給了他一個古典的側影，他原來有雙易感浪漫的眼睛。

女學生們請湯普遜教授講得慢一些，讓她們做筆記。

喬紅梅想，這兩個年輕女生已被湯普遜教授引誘了。只不過湯普遜教授是無意的。牆的拐角阻斷了他們的視線，她就這樣隔牆有耳地站著，聽格蘭向兩個女學生發射知識、幽默、魅力，以及妙不可言的性信息。性張力在三個人頭頂凝聚，產生電流，不斷打出火花……喬紅梅有些妒嫉兩個女學生了。

洗手間裡突然出來個人，險些和她撞個滿懷。兩人同時道一聲對不起，又同時端詳著對方。

喬紅梅從「藍色多瑙河」的後門出來，她無意中驗證了自己的假設：誰不處在三角關係裡呢？或虛或實而已。她走在雨裡，驚弓鳥一樣向前撲騰。格蘭一定盯上她了，這些天她的行為舉止，連她自己看看都可疑。

她突然站下來，站在雨點密集的校園操場上。她想起那個從洗手間出來的男人。他道歉時對她那麼一笑。絕不是陌生人的笑。他四十來歲，沒錯；正是他自己形容的樣子，個頭不太高，但十分結實勻稱。似乎穿件黑色羊絨毛衣，高領，繃出他的塊頭兒。是個愛打網球或游泳的人。動作中還殘存不少青春，雖然頭髮已帶些雜色。她猶豫著要不要走回去。給格蘭什麼樣的說法呢？網上來的情人？她回頭看一眼鬧哄哄的咖啡館，沒有挪動腳步。他和她對視一眼，沒錯，特徵都對得上號。他的嘴；那張欲語又止的嘴巴。是那種心裡語言很多，嘴上卻沒話的人。

全身濕透地回到家，她一眼看見格蘭的留言。他有兩個考博士的女學生緊急求見，他約她們去了「藍色多瑙河」。看不出他對她起了疑心，個個字都磊落。她脫下濕衣服，用鬆軟的大毛巾裹住身體，忽然感到胃口開了，想吃東西。晚飯時她只胡亂塞了幾口蔬菜。她找出一塊起司和一塊雜糧麵包，叼在嘴裡就去上網。

他的信已在等她。

他說他知道她很失望，淋一場雨，卻撲了空。他看著她從雨裡走來，完全像個殉情少女，絕決而柔弱不堪。睫毛膏的黑色被雨沖化了，暈成兩個大大的黑眼眶，一縷濕頭髮搭在莊嚴的嘴唇邊。他說他從不知自己會有如此多的憐愛，會如此的靜靜暴發。他想到她是從那個小村子來的，那個一夜間死去二百一十三名處女的小村。處女們是集體殉情的，為了她們尚不知在何處的情人。因而她們不必嫁人，不必失望，免去了為人婦之後再偷情的冤孽彎路，直接就為潛存的情夫們死去了。

「你就從那個小村走出來，走向我的。我看著站在門口的你。這樣想，你身後是一座座稻草垛，是偷情人的墳墓。你講到那個城市來的男孩，愛吹口琴愛咒罵的那個小伙子，也被埋在這不尋常的墳墓裡。你走出的，就是這樣一個小村。」

喬紅梅恨不得伸出手，去觸碰那一行行字。因為這些字正觸摸她。她知道他說的「憐愛」是怎麼回事。

他說她順著一張張桌走過來，喘息隔著衣服都看得出來。一場雨把她多日的驚恐、失眠、酗酒，以及對這事漸漸染上的癮全印了出來。他說他想上來抱起她，告訴她他有多麼懊悔，不該這樣驚唬她。讓他從這裡重新開頭，從體溫和呼吸開頭。假如不是格蘭梗在那裡，他一定會和她好好開始。他說她逃得那麼愴惶，連披肩失落都毫無意識。他拾起她的披肩，它帶著她身體的氣味和溫度。

喬紅梅一摸肩膀，果然空蕩了。她最愛的一條披肩，落到他手裡了。

他要她別擔心，他會好好保存它，直到下次約會。

她不再憑空想像他。多情的文字和那個一閃而逝的中年男子重合起來。多情也是牛仔式的多情；一半笑容壓在帽沿下，不怎麼拿你當回事，卻眨眼間就會為你去死。都好，都合她心意，這個使她一切感覺、一切慾望回春的男人。

他說他感覺到她微濕的身體裹在柔軟的棉質毛巾裡。這是他的手，扯下這條毛巾。不是「輕輕撩開」，而是那麼一扯，帶一種彪悍，手勢短促，不許你扭怩。這是他的手掌，摩挲著她的肉體，那黃孩子的肌膚。

他真的使她又燃燒起來，就連格蘭，她也感到一種新異。

石妮妮送來一盤錄影帶。乘格蘭去上課，喬紅梅把它放在自己的錄放影機上看起來。桔紅色三角梅的拱門。消防塔塔尖。又漂亮又沒用的男友入畫，捺門鈴。門開，露出一個二十來歲女孩的臉，鏡頭推進：女孩直是搖頭。男的掏出證件（偽造的記者證），女孩看了證件一眼，聳聳肩，笑了笑，允許幾個提問。她半個身體在門內，半個身體在門外，是接受採訪的老手了，(從七歲就跟媒體打交道)。問她從什麼時候起，開始懷疑父親的冤案的。十四歲。她說。什麼引起的呢？「我父親給我的遺書，他預先給我寫了許多封遺書，交到他律師那裡，請律師每年在重要節日或我的生日前，給我寄一封。每一封信都根據我的成熟程度漸漸變得複雜，深沉。他總在猜測我的高度、體重，學習成績，要我記住，這是父親離開我的第幾個年頭。他還為我列出書單，並在下封信裡問我書單裡的書我是否讀過。他在信的結尾總要我相信，父親從來沒有傷害過我，並永遠愛我，保佑我。十四歲的生日，我照例收到一封信，裡面還夾了一對玻璃珠耳環。是小孩戴的那種可笑的首飾。他說我七歲時一次和他上街，一定要他給我買這副耳環，他堅持不買，說小孩不該戴首飾。他一直為此內疚。現在我十四歲了，可以戴首飾了，希望我還喜歡這對耳環。」

女孩講到此低下頭。

特寫：女孩紅了的眼圈和鼻頭。

她接下去說：「我突然覺得我中了心理醫生的計。而那個三流心理醫生，中了弗洛伊德的計。悲慘的是，其中誰也不想害誰。那個心理醫生太想做出創舉，他以我成名，而代價是我們的家破人亡。我恨我的母親，她像中了邪一樣，幫著心理醫生捕風捉影。你一定已從許多報紙看到，他們怎樣給我洗腦，操控我，一個七、八歲的女孩。」

男友問：「你父親怎樣死的？」

女孩顯得很吃驚：「你是記者，沒有看基本材料嗎？」

男友一窘，但掩飾得很好。他說：「我不相信別的媒體的報導。」

「你是不該相信。假如不是媒體歪曲事實，不會形成那樣的社會輿論，我父親可能也不會自殺。應該說我父親的自殺，和媒體的不負責任有關。」

「他是怎麼自殺的？」

「從當時的現場看，他是自殺了。警察在新墨西哥州沙漠深處，發現了他的車，上面有個空了的安眠藥瓶子。從他那次法庭缺席，到這輛車的發現，有近一個月的時間。」

「屍體呢？」

「沙漠上什麼都可能發生。有野獸和禿鷹，很可能……」

「你現在一個人住嗎？」

「我母親嫁人之後，我自己搬出來了。我父親為我投資的錢獲了不少利，所以我可以住得起舊金山。」

近鏡：女孩俏皮地一笑，露在門外的一半身體縮回去了一點。

喬紅梅想，這個女孩太像一個人了，但到底像誰。她又想不出來。那神情，那手勢，那快速的沉思，她肯定是見過的。這時鏡頭拉成全景，門關上了，桔紅三角梅和消防塔依舊。

妮妮問：「我有一手吧？買通了馬路對面一個老頭，從他家廚房偷拍的。」

喬紅梅說：「我可沒讓你偷拍啊！」

「這個女孩的資料，我那沒用的漂亮東西全給我查出來了，網上能找出幾十篇文章，全是講這樁亂倫案的！連《紐約時報》、《華爾街報》都登過頭版！女孩的父親是個富翁——不大的富翁。為了打這樁官司，破了產，官司整整打了三年，是『兒童權益保護委員會』起訴的，主要證人是心理醫生和女孩她媽。」

喬紅梅還在想，她在哪裡見過這位女郎。她告訴妮妮，這事和她的密語者已越來越扯不上了。

石妮妮這才一怔。她確實忙到另一樁事上去了。

喬紅梅感到密語者用這個女孩的名義和石妮妮交往，一定有原因。當晚十一點，她又收到他的信，說他以為她會去「藍色多瑙河」，結果他空等了。他用咖啡館的網絡給她發這封信，說他會繼續等她，直到咖啡館關門。

她看一眼手錶，到咖啡館關門還有半小時。她立刻換了衣服，梳了梳頭髮，躡手躡腳往外走。格蘭一般在書房裡耽到半夜十二點，她會在那之前趕回來。她打開大門，猶豫了。這樣不大地道，還是該給格蘭留言。她說一個朋友遠道而來，約她在校園小晤，半小時之內就回來。大學裡的夜貓子是正常人，格蘭該不會太見怪。她把字條用磁鐵吸在冰箱上，剛一轉身，聽見「啪嗒」一聲，磁鐵落在地上。不知為什麼，磁鐵此刻與她作梗，不斷地掉下來。這時她聽見一個聲音說：「磁力消耗完了。」

她事後懊悔，不該那麼惶恐：無非是格蘭聽見磁鐵一再落地的聲響，出來看看。而當時她感到面孔僵硬，知道壞了，此刻這張面孔做什麼表情都會醜惡不堪。她就裝著去開冰箱，拿出半瓶白葡萄酒，背一直朝著格蘭，問他要不要來一杯。

格蘭見她的著裝，問她是否要出門。

她答非所問，說論文寫到結尾，她生命都快結尾了。她知道事情給她越來越壞。她手裡捏著剛才寫的字條。

格蘭說這麼晚了，最好別出去。

她聽出他口氣很硬。

她說誰說我要出去。

我並不反對你出去。為什麼你這樣戒備？

我怎麼戒備了？何況你反對也沒用。我做什麼不做什麼，不需要誰同意。

喬紅梅尖起嗓門，英文語病百出，但她管不了那麼多了。

格蘭驚訝地看著他的妻子。她也會張牙舞爪。是什麼使她這樣潑？你看你看，獰笑都上來了。

說得好，格蘭說。因此你的戒備是多餘的。

我告訴你，我根本沒有戒備。

她想，別這樣，別這樣惱羞成怒，多沒風度。可她無法不把密語者拉來做後盾，仗他的勢，對格蘭有恃無恐。

格蘭說，你這麼晚一定要出門，我可以陪你。

她突然慘叫：我不出門！

我不反對你出門。

她做出拉倒的手勢，表示反正她無望和他講清楚了。她一面是對格蘭的滿腔憤怒，一面又是對密語者的一腔柔情：他那麼懂得我，雖然隔那樣遠。一時間，她義無反顧地愛上了那個人。她想和擋在面前的丈夫拼掉，面對面的溝通都誤差成這樣。

格蘭見她哭起來。他走上去，試著去摟她的肩。她卻往旁邊挪一步。他立刻縮回胳膊，充滿尊重。她等他再追上來一步，不理她的掙扎而緊緊抱住她。她正是不知如何是好的時候，需要格蘭暫做一回兄長，無條件地呵護她，讓她在走上不歸路之前三思，或讓她明白，只要她退一步，就是安全就是寬恕。總之她要格蘭拉她一把，別讓她就此倒入一個叵測的懷抱。

格蘭卻站在一邊，肢體語言全讀錯了。

他終於好聲好氣地說：你給我寫的字條，我可以讀嗎？

原來他看見她在那兒折騰那張字條。現在全耽誤了，「藍色多瑙河」已經打烊。

她把字條往桌上一拍，心一橫，說：「我收拾行李去。」

「你要去哪裡?!」

「汽車旅館。」

「哪一家?」

她從衛生間出來，手裡一個盥洗袋。虧他問的出來：哪一家?

「哪一家對你有什麼區別?」她說，從床頭櫃裡取出內褲、內衣。「你是不是要推薦一家好的給我?」她毒辣地笑笑。

「如果遠，我建議你明天早上再去。」格蘭說。

她想他是沒希望懂得她了。

她只管拎著包往外走。肢體語言是委屈沖天的，是呼喚他同情的。是控訴他半夜攆她出門的。

她走到門口，楚楚淒淒換鞋，儘量拖延時間，好讓他開竅，上來拉她，大家下臺階。

他對她的肢體語言，是個文盲，她在蹬上第二隻鞋時想。

她走出去，是凶是險都只能往前走了。

電梯一層樓一層樓地往上爬。

格蘭出現在她身後，一面穿著外套，領子全窩在裡面。

他說：「這麼晚了，我開車送你去。」

她說：「你知道我去哪兒？」

他說：「隨便你去哪兒。我怕不安全。」他拿出一張卡片：「這是汽車旅行會員卡，住汽車旅館可以打折扣。」

他的樣子認真負責，一點沒有作弄她的意思。衣領硌在他脖子裡，他難受地直轉頭。她忍不住伸手，幫他把衣領翻妥貼。他這才拉住她的手，往懷裡一拽。她想格蘭那雙眼睛，永遠是莫名其妙地看著她。他不知道此刻她是把他作為兄長與他和解的。

她告訴密語者，有一剎那她想把格蘭殺了。她看見牆壁上一排廚刀，覺得只有它們能結束一場痛苦的溝通——非溝通。很可能她將殺她自己，會省事許多。在密語者出現之前，在她知道世上存在那樣一份靈性的懂得之前，她從未意識到非溝通的痛苦。

她從來沒有失望得如此徹底。

連那次流產，她都沒對她的婚姻如此失望過。到達美國的第三年春天，她發現自己懷孕了。晚上她做了一桌菜，擺了紅色的蠟燭，紅色的玫瑰。格蘭卻回來很晚，菜全涼了，蠟燭也短了一半。

他說為什麼買紅蠟燭？你知道我最不喜歡紅顏色。

她大吃一驚，她從來不知道他有這種難看的臉色。

她表面還笑嘻嘻的，說這個夜晚適合紅顏色。

他吃力地笑一下，說謝謝你燒一桌菜。

他開始喝酒，問她為什麼不喝。

她只甜蜜地說從今後她不能喝酒了。她等他問為什麼。他卻沉悶地自顧自吃、喝、若有所思。她問他是不是學生惹他生氣了。他說這些年輕崽子，哪天不惹他生氣。

她說讓我們有個孩子吧。

他頭也不抬，問道，為什麼？

該有個孩子了，她說，心一點點冷下去。

他說他看不出什麼是「該」。

她說孩子不好嗎？一個家庭不該有孩子嗎？

你做什麼，就因為「該」嗎？

她不作聲了。紅蠟燭沒趣地躥起火舌。

是啊，什麼來決定「該」呢？愛情已拉不住兩顆心靈，兩具肉體，要一個孩子來拉住他們。孩子可以成一個新主題，給他們日漸枯乏的日子以新內容。

喬紅梅誠實地告訴密語者，在懷孕前，她和一個男同學一塊喝過咖啡，一塊去舊金山聽過音樂會。甚至有那麼一兩次，在車子停下後或發動前，那男同學吻過她。那是一個北歐人。當時北歐在她心目中，還頗神祕。在懷孕前，她似乎初嘗到失望；她總是以為有更大更好的世界在前面，有更理想的男人等她去愛，到後來，卻發現不過如此。她已遠嫁到太平洋彼岸，並為此什麼都豁出去了，獲得的，卻不過如此。她常常在吃冰淇淋，試昂貴的時裝，看新上市的電影時突然一走神：這就是我以為更大更好的世界，這就是我拋棄那麼多，毀壞那麼多而追求的。一種淺淡的掃興油然生出，她會放下正試穿的時裝和最愛吃的冰淇淋。她不知道拿自己的失落感怎麼辦，不知怎樣對付她時常出現的黯然神傷。她想到那個草垛上吹口琴的知青，講起世界上最美味的冰淇淋時的眼睛，那麼多期待又那麼感傷。他若活到現在，處在她的位置，是否像她一樣在心裡嘆息：不過如此？

就在她看穿地在心裡說「不過如此」的時候，孩子來了。

孩子在多少境形下救過僵局？拙劣和高明的電影裡，孩子總是帶來轉折。

她完全沒想到格蘭會有如此負面的反應。她坐在那裡，像紅蠟燭一樣一點點矮下去。格蘭講了一長列不要孩子的好處，謊扯得虛假而拙劣。

她對密語者說，在此之前，她的失望是隱隱的，莫名的，這一刻變得具體而實在了。到今天她也沒有弄清，格蘭不要孩子的真正原因是什麼。不愛孩子的人往往缺乏柔情，不懂孩子的人便往往是溝通低能。她的失望之巨大，她想密語者應該能想見。

她什麼也沒說。十天後，她悄悄地做了人工流產。手術做得不好，她流血量很大。她不想驚動格蘭，悄悄掛了急診。醫生說胎兒還剩一半在她腹內。他說只能等她身體自然排除它。她按醫生的囑咐，把身體的排除物收集在一個瓶子裡，等醫生最後把它們拼起來，看流產是否徹底。她在瓶子外面套了個紙盒，擱在馬桶後面。格蘭發現了，問這血淋淋的東西是什麼。她心裡滿是惡毒語言，想說這下稱你心了，斷子絕孫了。或說：是什麼你不知道？當然是我和人軋姘頭軋來的。但她咬緊牙，只看著他。

她在那一瞬想起她前夫年輕時的臉龐，孩子氣十足，也丈夫氣十足。見她從「人流」手術室出來，一把抱起她。他就那樣抱著她，走上四樓。一路上淚汪汪地賭咒：指標指標，下次沒指標咱也生。

然後格蘭說，我說不想要孩子，可並沒要你去做手術啊。

原來她的婦科醫生在確定懷孕那天就告訴格蘭了，難怪他那天晚上一張陰沉的長臉。

他又說：既然孩子來了，我總會調整自己，接受他。何必逆天意又把他殺了呢？

她大聲叫道：裡外裡你都是人！她發現自己喊的是中國話。她覺得中國話這一刻怎麼這樣解恨？她又喊：建軍就不會這樣對我！建軍！我對不起你！

她嚎啕大哭，像那小村裡的婦人哭喪。

格蘭什麼也聽不懂，在一邊說：會好的，會好的。

她索性喊道：操你媽「會好的」！你拆散了我和建軍，我瞎了眼了！

他說：一切都會好的。

那天夜裡，她起身，人弱得像紙糊的。她從藥櫃裡找出一瓶阿斯匹林，什麼藥多了都毒得死人。她站在床邊，看格蘭熟睡。她想，他倒照睡不誤。她不知站了多久，看著這個她死活不顧追求來的美國男人。二十八歲的小半生，她總是在主動追求。她對此從來不撒謊，大方地告訴所有女伴兒：他是我追來的，追得好苦！

看看這份被她追來的幸福。

建軍也有極可惡的時刻，那些時刻她就會想：看看吧，這就是我追求的男人。

她從床邊轉身，卻暈眩地倒下去。從臥室到廚房的距離最多八米，她卻無力走過去。她手裡捏著阿斯匹林藥瓶，迷迷糊糊睡著了。第二天清早她醒來，又成了白天的她——人們眼中的她：懂事，性情甜美，分寸感很好。白天的她決不會吞一百片阿斯匹林。她從一百片阿斯匹林的誘惑中挺過來了，再回到格蘭身邊，她已是另一個女人。

「大概像你說的，是一個感覺封閉的人。十多年前，我封建軍也曾封閉過，是格蘭打開了我。」

他說他早就知道她是個危險的女人。對這樣的女人，他有很好的眼力。他的女兒也是一個危險的人，在她眼前，世界突然變得可笑或可憎。

他看她穿過那群一模一樣的二層小樓，再穿過一望無際的停車場，肩膀微微向左傾斜，那是她曾經背槍留下的習慣。購物中心有七八家連鎖店、五家連鎖餐館、三家連鎖銀行、一家連鎖食品超市、一家連鎖汽油站。和全國絕大多數購物中心一樣，房子漆成油畫棒的淺色，屋檐一條海藍的邊。美國特徵是由這些沒有特徵的連鎖景致構成的。

「你往售報機中投兩枚硬幣，取出一份報紙。這時你呆住了，眼前的購貨中心又蠢又醜地趴在地平線上，該死的建築師怎麼會設計出這樣扁平的房子？你忘了這是哪個城市；它可以是美國的任何一個城鎮。連鎖機構張開縱橫交錯的鎖鏈，把人們鎖在上面。淘汰個性，個性有風險。連鎖是步調一致，是安全。這些被安全連鎖的人們胖胖地坐在夕陽裡，享受非溝通的快樂。溝通風險太大了，針鋒相對、一針見血的溝通能讓幾個人幸存？幸存者得多麼堅強，多麼智慧，又多麼豁達？你看著連鎖景觀中安全的人們，連鴿子都不防意外，大搖大擺在戶外餐桌周圍徜徉。這個景觀無疑是可笑的，醜陋的。你突然想到十多年前你對它的苦苦追求。你最後一次回到小村裡，告訴孩子們美國有無數購物中心，像小村莊一樣大。那種物質的豐饒，超過每個孩子的想像。

他說喬紅梅在超市門口改變了主意：在打開的自動門前撤回一步，向右轉身，朝「星巴克」走去。那兒有塊長三米半寬一米的廣告板，供人們在上面貼租房、賣舊貨、私授課的廣告。四十年代的燈具被當成古董出售。他看見喬紅梅伸手撕下一條小簽，上面有房東的電話號碼。但她不久又把它貼回去，眼睛轉向另一張廣告。那張廣告貼在最下方，很不起眼。廣告上印著一隻獵犬，所以他認為那是一張貓狗學校的廣告。喬紅梅蹲下身體，一手撐在牆上，為了更清楚地讀那張廣告上的字。字非常密集，黑壓壓排滿大半張紙。

他看喬紅梅的手伸向廣告下一排小紙簽，撕下最後一張。前面十九張都被撕去了。她將小紙簽擱在掌心，端詳一會，頭略許偏著。來了一陣風，把紙簽吹跑，她追了兩步，站住了，看它滴溜溜打轉：飛遠。再來看她的臉，似乎剛悟到一條新思路。

等她離去之後，他去看那張印有獵犬的廣告。原來不是貓狗教育家貼的，是一個隱居者，或一個退休偵探。他（她）教授一種「消隱法」，從熟悉你的人中消失掉。對有罪迹的人，這是個最乾淨的洗心革面手段。對膩味了自己婚姻或職業的人，這也是個最少傷害、最便宜的了斷方式。對厭煩了自己人格，想更換全新人格的人，它提供了最大可能性。當然，它最方便那種想做女人的男人，或想做男人的女人。只需八週課程（每週一個半小時課時），和一千元學費，你的舊人格就終結，新人格就開始。

他告訴喬紅梅，一九九二年《舊金山時報》登載過一篇文章，談到消隱現象，並介紹了幾本有關如何消隱的書。到一九九三年，全國消隱的人共有七萬多名。有欠債不還的、有過失殺人的，有捲入巨大冤案又無望澄清的，有陷入不可自拔的婚外戀的……這些人精心設計消隱的每一步驟，獲得新的出生證、身份證，社會保險號碼之後，某個夜晚或某個清晨，永遠地消失了。有的布置了自殺或他殺的假象，有的留下真切的遺書。

想像這七萬多人的今天，無論當初的消隱給了他們痛苦還是歡樂，它都為他們打開了一片廣闊的未知世界。

「這七萬多人中，有一些去了國外，去做冒險家或語言教師。最理想是遠東，比仿說，剛剛開放、對西方一派天真的中國。……能夠想像嗎？你的外文教授裡，可能就有一位這樣的消隱者，一個對人或對己失望過度的人。」

喬紅梅看著這個錯拼的「失望」。第二十三個不完整的「失望」。

他說他是在望遠鏡裡觀望她的，等他趕到購物中心，她已不知去向。

她心裡有些不舒服，為什麼他總耽在暗處，讓她防不勝防呢？

他似乎察覺到她並沒有表露的艾怨，說他很抱歉，他常常臨時怯場，怕他走出文字的掩體會令她失望：無非是個平實男人。他還承認常用高倍數望遠鏡把她拉近自己，一個細部、一個細部地看她。那樣，他把她的身體一寸一寸地佔領，一毫一毫地親吻，她發育不良的乳房在他看十分銷魂，還有她臀部的一塊胎記，都引起他兇猛的慾望。

她驚呆了：他怎麼會知道她臀部的胎記？她偶爾游泳，把它露了出來？可她總是在早晨游泳，校園游泳館人最少的時間。

他說他知道這種迷戀已經不健康了，但他沒有辦法。他要她相信，他是一個最懂得愛的人，從心靈到肉體。「望遠鏡把你拉進我懷裡。這是我的胸膛，還夠寬闊吧？這是我的肩膀，還夠結實吧？這是我的皮膚，有一股常曬太陽的人的氣味，並且體溫偏高，你的手上來了，手掌那麼清涼，它下面是焦渴的肌膚。這就是你的眼睛了，含有一份邀請的黑眼睛。邀請同情、懂得、甚至進犯。於是這是自你找了。你已經逃不了了，進犯總是有一點疼痛。接下來，你一下張開自己，接受了我。」

喬紅梅喘息亂了。她火燒火燎地面對著這人的文字，恨自己怎麼這樣沒出息，也恨他，把她引上邪路。真恨他嗎？她想不清楚。

他約她在舊金山南區的一家酒吧見面。酒吧名叫「Endup」。他說他在舊金山擁有一座小小庭院，風景優美，如果她願意，他可以請她去那裡做客。他要她別害怕，「Endup」火得不得了，永遠滿座，全是無心無肺調情的男女。他和她可以在那裡深談，也可以淺談；調情，也可以不調情。那是個認真、隨便兩可的地方。

她開了近兩小時的車，到達舊金山市區時是下午三點。反戰示威造成交通阻塞，辦公樓大門全被人堵住，被堵在街上的規矩上班人在警察掩護下，小批小批往樓裡衝鋒。她聽說石妮妮和幾十個同學一塊進了城，就在人群裡尋找起來。果然在市場街找到了妮妮。她和男友都穿著白T恤，胸前用紅顏料畫的血跡，乍看相當觸目驚心。妮妮最近成了示威明星，電視裡常出現她的大特寫。

「你和格蘭一塊來的？」妮妮大聲問。

喬紅梅說格蘭今天有課，不能來。

「我剛才還看見他！」妮妮問男友：「沒錯吧？他站在那兒拍攝影。」

喬紅梅心裡「轟」一聲。格蘭一定是暗中在盯她。她昨晚告訴他，今天她要到舊金山陪兩個中國來的朋友，大概會晚些回來。

妮妮說她想吃水果刨冰，便拉著男友和喬紅梅進入一個店家。一見她胸口上的「血跡」，所有人都叫起來。妮妮無事人一樣吩咐男友去買刨冰，一面跟喬紅梅大聲說笑。她說她男友險些和那個陷害父親的女孩陷入瘋狂戀愛，她趁機解開了疑團：女孩拼寫的「失望」一個字母不錯，就是說，密語者確實冒她的名跟妮妮通信的。

妮妮因為反戰而出風頭，各行各業的富翁都看見了她給警察抱走時，以甜美聲音唱〈國際歌〉的電視鏡頭。他們全斷絕了和她來往。

喬紅梅問她是否還打算嫁富翁。

她說一革命起來人的感覺就不一樣了，好像是另外一種荷爾蒙開始支配你的身體。現在她覺得富翁們一點也不性感。正如過去，她認為漂亮的窮光蛋男人不性感一樣。她說什麼讓她熱血沸騰都行。她只要熱血沸騰。

告辭了妮妮和男友，喬紅梅混入了示威人群。她飛快動著腦筋，萬一碰上格蘭說什麼。她知道自己的樣子有些鬼頭鬼腦，便想，這是最後一次了，然後她就向格蘭攤牌。

把車停下之後，她看看錶，離約會還有一小時。她特意到得早些，好摸清方向，找好退路。停車場離「Endup」有五個街口，走過去時可以定定神。她拿出鏡子，口紅。是那種當下最流行的唇彩，馬上讓嘴唇嬌嫩多汁。她把粉盒放回皮包，手卻碰到一件東西：

牙刷。她居然帶了牙刷來；她前後矛盾的種種打算中原來包括過夜的打算。她手指捏在牙刷的毛刺上，使勁搓動，她想看看這個女人今天到底要怎樣去野。開兩小時車，去和一個網上來的男人見面。然後呢？他趁歌手長嘯的當兒拉起她的手，把她拉到他的庭院。一個自帶牙刷的女人。

在往「Endup」走的路上，她希望路遠些，讓她再想清楚些。

她在給他的最後一封信裡，講了她童年那個無人知曉的故事。深秋的晚上，孩子們已不再去稻草垛上聽城裡男孩吹口琴了。只有一個十歲女孩仍然天天來到稻草垛下。男孩把口琴吹給女孩一人聽，對小村子的牢騷也向她一人發。這天晚上村裡開始點燈了，女人們喚孩子回家吃飯的聲音此起彼伏，十分悠揚。男孩從稻草垛上滑下來，手還在把口琴往褲子上蹭。他突然一動不動，看著稻草垛下的女孩。女孩笑了笑，不覺得他的樣子奇怪。他兩手上來，卡住女孩的腰，把她抱離了地面，面孔對著面孔。女孩聽見她的母親也在喊她了。她卻沒應，只朝遠處扭一下脖子。等她轉回頭，便不再認識眼前這個人，他的眼睛在眼鏡後面閉上了，又沒閉嚴，從縫隙裡透出一線眼白的青光。睫毛猛烈哆嗦，她從來沒見過這樣垂死的睫毛。她叫他兩聲，他可怕地笑一下，嘴唇輕輕落在她額頭上。她開始掰他的手指，腳也反抗起來，但表面上她仍咯咯直笑，似乎不願與他撕破臉。他的嘴滾燙滾燙，壓在她的嘴上，一時她不懂這滋味是好還是糟。她聞到他呼吸裡「東海」菸的氣味，辣而苦的一種雄性氣味，充滿她全身。一陣奇怪的無力向她全身擴散，和菸草氣味溶和。她猶豫該跑還是該叫，而嘴唇被一股力量頂開。辨別許久，她才明白那是他的舌頭。他這時把她漸漸抱進稻草垛下面，不知誰刨了個凹處來。她的身體動彈不得，他蜷在她身上。

然後他把她抱出來，讓她站直，撣平她的衣服，撫掉她頭髮上的稻草。他羞怯地笑了。這笑裡沒有可怕的東西。她看著他，一點祕密的感覺出現在她一片昏暗的體內，如同一豆火燭。他要她第二天同一個時間再來。她點點頭，轉身跑去。她不明白她喜不喜歡這樁事，也不明白那城裡男孩到底對她幹下了什麼。他在她體內點燃的那一豆火，卻燃出一團暖意。

她第二天晚上又來到稻草垛下。男孩在那個凹處做成了個窩穴，告訴女孩，下雨，刮冷風他們都不怕了。

第三天夜裡，男孩被什麼聲音驚醒，伏在窗上一看，整個村的男人都圍在他屋外，提著鋤頭和鎬。他從後窗逃出去，發現大路小路上都站著人。六、七十條狗同時叫起來，他只得鑽進稻草垛下的窩穴。人們的草杈子扎進每一垛稻草。

最後，所有的稻草垛給點著了。城裡男孩沒有出來。

村裡人說他把六、七個十多歲的女孩引誘了。村裡人愛護女孩們的名聲，從來不對她們點名道姓。女孩們太貪嘴，為一塊劣質糖果就和他鑽稻草垛。十歲的小姑娘心想，他和她之間，可不是一塊糖果的關係，他從來沒用一點甜頭從她這兒交換吻和撫摸。他從稻草灰燼裡被扒出來，白面書生成了一段人形焦炭。只有那個口琴，完整無恙。

他對外國的描述，今天看是千差萬錯的。但那卻是小姑娘長大的盼頭。她從十歲就相信，她會比村裡任何一個女人都走得遠——比那些去上海、南京的棉紡廠做了女工的女人走得遠。比五十年代跟著土改隊走了的女人走得也遠。比六十年代考上同濟大學的女子走得還要遠。她是方圓幾百里，上下幾千年唯一考上軍事外語學院的女孩。那年她十六歲，是考生裡最年輕的一名。

「那個女孩就是我。」

她在正式見面之前，把隱埋最深的祕密告訴她，為使這場情誼建築在最高度的誠意上。他和她的開端該是不一樣的，不再充滿美妙的誤會。她告訴他那段往事，還要他看看，她就是這麼個貨色，總是屈從感覺。內心和肉體的感覺，在於她，往往大於是與非、愛與恨。

走到酒吧門口，才六點半。還要混掉半小時。不遠有家飯店，她決定去那裡。大堂裡有鋼琴伴奏，她頓時鬆弛不少。侍者雲遊過來，悄語問她點什麼酒。她胡亂一笑，點了一杯「血瑪麗」。她喝得很慢，似乎這樣就可以延長失足前的時間。快七點了，夏天的夜晚還遠遠沒到。她打開皮包，卻發現錢包不見了。情急中她沒忘帶牙刷，倒忘了帶錢包。她看看那個侍者，他正在和兩三個客人饒舌。她拿出軍人的機敏，從他身後溜出大堂。

她成功地逃掉了酒賬，兩腳半醉地向前移。他一定已經等在酒吧裡了，心想到手的獵物可別又是一場空。她深一腳淺一腳往他槍口上撞去，以一把牙刷去度一個講衛生的良宵。侍者現在一定在找她了，想著這個亞洲女人也不年輕了，還在幹這種事。她想，我可真行，一晚上能幹出兩件混賬事來。

格蘭正在搜捕她嗎？他死也不會想到她會來這個「Endup」，如此異端，供人們脫下蒼白的人皮，在這兒青面獠牙。「Endup」，好名字。兩個男領位一身黑地走上來，問她訂位沒有。酒吧裡還沒什麼人，但密語者肯定已等在那裡了。

領位湊得更近些，一個字一個字往外蹦地問：「訂座沒有？」

她聞到一股獸性的濃香。

酒勁開始發作了。她突然把整個事情想明白了。她轉身就跑，皮拖鞋「踏踏」地響，宛若另一人的步伐。她跑到停車場，鑰匙已握在手裡。一分鐘之後，她的車土匪似的吼一聲，衝上馬路。

她找到了爬滿桔紅色三角梅的拱門，沒錯，消防塔在它斜後方露出塔尖。風景秀麗，她提前自己上門來做客了。她揿響門鈴，聽見一個女人的腳步穿過小小庭院，來到大門前。窺視小窗口有巴掌那麼大，露出二十來歲的一孔嘴臉。女郎問：「請問是誰？」

喬紅梅笑了笑。沒有酒，她的笑絕不會這樣溫暖。

「我找你。」她叫出了女郎的名字。

又有兩個人出現在庭院裡，一男一女，都是女郎的年紀。

喬紅梅被邀請進門，見一桌晚餐吃了一半，半個比薩還熱騰騰躺在外賣紙盒裡，啤酒瓶空了三個。她連說，真抱歉，打擾你們晚餐了。

「你也來吃點嗎？」女郎問。

喬紅梅一眼看見客廳沙發上放的那條披肩。她朝它走過去，一步、兩步、三步，腳跟、腳尖、腳跟……身體伏下，手伸出去。披肩上的刺繡，是她十一年前在告別小村時買的，那天恰巧有廟會。她把刺繡縫綴在一條原本很普通的羊毛披肩上，成了一件獨一無二的衣飾……

等她轉過身時，她已決定說什麼了。

「你父親跟我約好見面的。」

女郎定定地看著她。然後她開口了。

「我知道你是誰。他和我常談到你。」

喬紅梅手纏繞著披肩，「我沒想到，你這麼大了。」

「離那件可怕的事，已經有十多年了麼。」

「離他消隱，也有十二年了。」

「他全告訴你了。當然，他那麼愛你。他說過得到你多不容易。」

女郎有了一絲痛楚，但馬上做個鬼臉笑了。

喬紅梅感動地想，看來密語者對她動了真格的。

「為什麼不公開你們的父女關係？」

「父親兩個月前剛和我聯絡上。」

喬紅梅一想，對了，他兩個月前的確說到和他女兒的重逢，有一點點杜撰，基本是事實。

「有很多事要預先計劃，」女郎說：「媒體怎麼對付，還有我母親……得做充分的計劃。那件事對父親和我，都是滅頂之災，我們是創傷累累的人，再禁不住媒體、社會良知人士的善意迫害了。」

女郎又大又深的眼睛周圍已布滿細密皺紋。喬紅梅想，這雙老氣橫秋的眼睛，太熟悉了。

女郎送她出來，要她別擔心，她父親一定會等她，他嬌縱他愛的女人。女郎對她挑起眉毛，想做個頑皮狀，但創傷給予她的奇特成熟，使表情和面孔衝突。

「你對我父親比我了解，知道他多麼嬌縱你。」女郎說。

「嗯。他寫給我的信裡，可看不出嬌縱。不過他的文筆真好。就是總要拼錯『失望』。」

「少一個『A』，對吧？他總拼錯。也許有什麼特殊用意。」

她披上披肩，打開車門。女郎揚手一笑。那笑容的熟悉，令她暈眩。

喬紅梅開車穿過鬧市區。大街兩旁是蠟燭的長堤。人們哼著〈給和平一次機會吧〉。一個矮小的亞洲男人舉著木牌，嘴裡振振有詞，在蠟燭燭光裡忽隱忽現。他是個專業抗議者，不論誰抗議什麼，他都舉一樣的木牌，念一樣的詞，正義莊嚴地出現在隊伍裡。很像喬紅梅家鄉的專業哭喪婦，區別在於這位是志願的。敵、友陣營變了，利、害關係變了，國際政治格局變了，他是永恒的，不變的。

喬紅梅好不容易穿過市場街，來到南市區。快九點了，他一定還在「Endup」等她。她心裡生出那麼多柔情，要給這個飽受創傷的人。她是這個反戰之夜溫柔的和平者。不管明天誰和誰成了敵人，誰和誰又和解，她是不變的、永恒的，她總是要愛下去。

她把車停好，向「Endup」走去。這裡在天黑之後是被遺棄的，關了門的工廠和店家門階上，躺著黑黝黝的醉漢。她走上大街，遙看「Endup」，像海市蜃樓。就連大街上，也是野性四伏的寧靜。

九點十分了。她這個遲到的赴約者腳步堅定、爽利。不再需要任何退路了，她明天就把這個約會告訴格蘭。對於她其他的祕密，格蘭無望知道了。

離「Endup」還有二十步。

喬紅梅不知道，現在在家裡的冰箱上，在她和格蘭天天留言的地方，貼著一張字條。「紅梅，我和學生們一塊去舊金山參加示威。是臨時做的決定。然後，我有極重要的話要和你談。本來說好和你一塊午餐，由於我的臨時決定讓你失望了。大概我總是使你失望。格蘭。」

喬紅梅更不知道，那「失望」一字的拼寫是錯誤的，少了個「A」。

三民叢刊

小說精選

229 6個女人的畫像

莫非 著

如果心是時間的畫廊，記憶中那幅女人的畫像，是後現代的解構重組？還是印象派的光影斑斕？為何女人執守倚立這狹窄的門框？是為了在愛中守候，還是因為怯懼而走不出去？

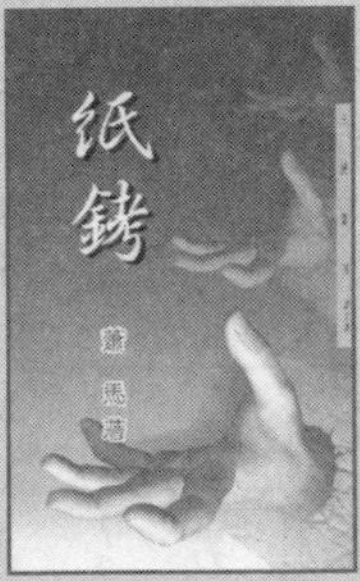

212 紙銬

蕭馬 著

惟有自己能綑縛自己，也惟有自己能解放自己。有形的桎梏其實不可怕，可怕的，是無形的束縛……

205 殘片

董懿娜 著

人是只生有一個翅膀的天使，只有互相擁抱才能自由飛翔。女性的命運，是斑駁世界最真實而充滿質感的一種折射，對她們飽含意味和深情的關注，就是對生命的一種眷戀和好奇。